GW00702091

Aurélia

ŒUVRES PRINCIPALES

Les filles du feu
Aurélia
Les chimères
Pandora
Les illuminés
Le voyage en Orient
Poèmes et nouvelles

Gérard de Nerval

Aurélia

suivi de
Pandora

Librio

Texte intégral

AURÉLIA

PREMIÈRE PARTIE

I

Le Rêve est une seconde vie. Je n'ai pu percer sans frémir ces portes d'ivoire ou de corne qui nous séparent du monde invisible. Les premiers instants du sommeil sont l'image de la mort ; un engourdissement nébuleux saisit notre pensée, et nous ne pouvons déterminer l'instant précis où le *moi*, sous une autre forme, continue l'œuvre de l'existence. C'est un souterrain vague qui s'éclaire peu à peu, et où se dégagent de l'ombre et de la nuit les pâles figures gravement immobiles qui habitent le séjour des limbes. Puis le tableau se forme, une clarté nouvelle illumine et fait jouer ces apparitions bizarres ; le monde des Esprits s'ouvre pour nous.

Swedenborg appelait ces visions *Memorabilia* ; il les devait à la rêverie plus souvent qu'au sommeil ; *l'Âne d'or* d'Apulée, *la Divine Comédie* du Dante, sont les modèles poétiques de ces études de l'âme humaine. Je vais essayer, à leur exemple, de transcrire les impressions d'une longue maladie qui s'est passée tout entière dans les mystères de mon esprit ; et je ne sais pourquoi je me sers de ce terme maladie, car jamais, quant à ce qui est de moi-même, je ne me suis senti mieux portant. Parfois, je croyais ma force et mon activité doublées ; il me semblait tout savoir, tout comprendre ; l'imagination m'apportait des délices infinies. En recouvrant ce que les hommes appellent la raison, faudra-t-il regretter de les avoir perdues ?...

Cette *Vita nuova* a eu pour moi deux phases. Voici les notes qui se rapportent à la première. – Une dame que j'avais aimée longtemps et que j'appellerai du nom d'Aurélia, était perdue pour moi. Peu importent les circonstances de cet événement qui devait avoir une si grande influence sur ma vie. Chacun peut chercher dans ses souvenirs l'émotion la plus navrante, le coup le plus terrible frappé sur l'âme par le destin ; il faut alors se résoudre à mourir ou à vivre : – je dirai plus tard pourquoi je n'ai pas choisi la mort. Condamné par celle que j'aimais, coupable d'une faute dont je n'espérais plus le pardon, il ne me restait qu'à me jeter dans les enivrements vulgaires ; j'affectai la joie et l'insouciance, je courus le monde, follement épris de la variété et du caprice ; j'aimais surtout les costumes et les mœurs bizarres des populations lointaines, il me semblait que je déplaçais ainsi les conditions du bien et du mal ; les termes, pour ainsi dire, de ce qui est *sentiment* pour nous autres Français. « Quelle folie, me disais-je, d'aimer ainsi d'un amour platonique une femme qui ne vous aime plus. Ceci est la faute de mes lectures ; j'ai pris au sérieux les inventions des poètes, et je me suis fait une Laure ou une Béatrix d'une personne ordinaire de notre siècle... Passons à d'autres intrigues, et celle-là sera vite oubliée. » L'étourdissement d'un joyeux carnaval dans une ville d'Italie chassa toutes mes idées mélancoliques. J'étais si heureux du soulagement que j'éprouvais, que je faisais part de ma joie à tous mes amis, et, dans mes lettres, je leur donnais pour l'état constant de mon esprit ce qui n'était que surexcitation fiévreuse.

Un jour, arriva dans la ville une femme d'une grande renommée qui me prit en amitié et qui, habituée à plaire et à éblouir, m'entraîna sans peine dans le cercle de ses admirateurs. Après une soirée où elle avait été à la fois naturelle et pleine d'un charme dont tous éprouvaient l'atteinte, je me sentis épris d'elle à ce point que je ne voulus pas tarder un instant à lui écrire. J'étais si heureux de sentir mon cœur capable d'un amour nouveau !... J'empruntais, dans cet enthousiasme factice, les formules mêmes qui, si peu de temps auparavant, m'avaient servi pour peindre un amour véritable et longtemps éprouvé. La lettre partie, j'aurais voulu la retenir, et j'allai rêver dans la solitude à ce qui me semblait une profanation de mes souvenirs.

Le soir rendit à mon nouvel amour tout le prestige de la veille. La dame se montra sensible à ce que je lui avais écrit, tout en manifestant quelque étonnement de ma ferveur soudaine. J'avais franchi, en un jour, plusieurs degrés des sentiments que l'on peut concevoir pour une femme avec apparence de sincérité. Elle m'avoua que je l'étonnais tout en la rendant fière. J'essayai de la convaincre ; mais quoi que je voulusse lui dire, je ne pus ensuite retrouver dans nos entretiens le diapason de mon style, de sorte que je fus réduit à lui avouer, avec larmes, que je m'étais trompé moi-même en l'abusant. Mes confidences attendries eurent pourtant quelque charme, et une amitié plus forte dans sa douceur succéda à de vaines protestations de tendresse.

II

Plus tard, je la rencontrai dans une autre ville où se trouvait la dame que j'aimais toujours sans espoir. Un hasard les fit connaître l'une à l'autre, et la première eut l'occasion, sans doute, d'attendrir à mon égard celle qui m'avait exilé de son cœur. De sorte qu'un jour, me trouvant dans une société dont elle faisait partie, je la vis venir à moi et me tendre la main. Comment interpréter cette démarche et le regard profond et triste dont elle accompagna son salut ? J'y crus voir le pardon du passé ; l'accent divin de la pitié donnait aux simples paroles qu'elle m'adressa une valeur inexprimable, comme si quelque chose de la religion se mêlait aux douceurs d'un amour jusque-là profane, et lui imprimait le caractère de l'éternité.

Un devoir impérieux me forçait de retourner à Paris, mais je pris aussitôt la résolution de n'y rester que peu de jours et de revenir près de mes deux amies. La joie et l'impatience me donnèrent alors une sorte d'étourdissement qui se compliquait du soin des affaires que j'avais à terminer. Un soir, vers minuit, je remontais un faubourg où se trouvait ma demeure, lorsque, levant les yeux par hasard, je remarquai le numéro d'une maison éclairé par un réverbère. Ce nombre était celui de mon âge. Aussitôt, en baissant les yeux, je vis devant moi une femme au teint blême, aux yeux caves, qui me semblait avoir les traits d'Aurélia. Je me dis :

« C'est *sa mort* ou la mienne qui m'est annoncée ! »

Mais je ne sais pourquoi j'en restai à la dernière supposition, et je me frappai de cette idée, que ce devait être le lendemain à la même heure.

Cette nuit-là, je fis un rêve qui me confirma dans ma pensée. – J'errais dans un vaste édifice composé de plusieurs salles, dont les unes étaient consacrées à l'étude, d'autres à la conversation ou aux discussions philosophiques. Je m'arrêtai avec intérêt dans une des premières, où je crus reconnaître mes anciens maîtres et mes anciens condisciples. Les leçons continuaient sur les auteurs grecs et latins, avec ce bourdonnement monotone qui semble une prière à la déesse Mnémosyne. – Je passai dans une autre salle, où avaient lieu des conférences philosophiques. J'y pris part quelque temps, puis j'en sortis pour chercher ma chambre dans une sorte d'hôtellerie aux escaliers immenses, pleine de voyageurs affairés.

Je me perdis plusieurs fois dans les longs corridors, et, en traversant une des galeries centrales, je fus frappé d'un spectacle étrange. Un être d'une grandeur démesurée, – homme ou femme, je ne sais, – voltigeait péniblement au-dessus de l'espace et semblait se débattre parmi des nuages épais. Manquant d'haleine et de force, il tomba enfin au milieu de la cour obscure, accrochant et froissant ses ailes le long des toits et des balustres. Je pus le contempler un instant. Il était coloré de teintes vermeilles, et ses ailes brillaient de mille reflets changeants. Vêtu d'une robe longue à plis antiques, il ressemblait à l'Ange de la *Mélancolie*, d'Albrecht Dürer. – Je ne pus m'empêcher de pousser des cris d'effroi, qui me réveillèrent en sursaut.

Le jour suivant, je me hâtai d'aller voir tous mes amis. Je leur faisais mentalement mes adieux, et, sans leur rien dire de ce qui m'occupait l'esprit, je dissertais chaleureusement sur des sujets mystiques ; je les étonnais par une éloquence particulière, il me semblait que je savais tout, et que les mystères du monde se révélaient à moi dans ces heures suprêmes.

Le soir, lorsque l'heure fatale semblait s'approcher, je dissertais avec deux amis, à la table d'un cercle, sur la peinture et sur la musique, définissant à mon point de vue la génération des couleurs et le sens des nombres. L'un d'eux, nommé Paul ***, voulut me reconduire chez moi, mais je lui dis que je ne rentrais pas. « Où vas-tu ? me dit-il. – *Vers l'Orient !* » Et pendant qu'il m'accompagnait, je me mis à chercher dans le ciel une étoile, que je croyais connaître, comme si elle avait quelque influence sur ma destinée. L'ayant trouvée, je continuai ma marche en suivant les rues dans la direction desquelles elle était visible, marchant pour ainsi dire au-devant de mon destin, et voulant apercevoir l'étoile jusqu'au moment où la mort devait me frapper. Arrivé cependant au confluent de trois rues, je ne voulus pas aller plus loin. Il me semblait que mon ami déployait une force surhumaine pour me faire changer de place ; il grandissait à mes yeux et prenait les traits d'un apôtre. Je croyais voir le lieu où nous étions s'élever, et perdre les formes que lui donnait sa configuration urbaine ; – sur une colline, entourée de vastes solitudes, cette scène devenait le combat de deux Esprits et comme une tentation biblique. « Non ! disais-je, je n'appartiens pas à ton ciel. Dans cette étoile sont ceux qui m'attendent. Ils sont antérieurs à la révélation que tu as annoncée. Laisse-moi les rejoindre, car celle que j'aime leur appartient, et c'est là que nous devons nous retrouver ! »

III

Ici a commencé pour moi ce que j'appellerai l'épanchement du songe dans la vie réelle. À dater de ce moment tout prenait parfois un aspect double, et cela, sans que le raisonnement manquât jamais de logique, sans que la mémoire perdît les plus légers détails de ce qui m'arrivait. Seulement, mes actions, insensées en apparence, étaient soumises à ce que l'on appelle illusion, selon la raison humaine...

Cette idée m'est revenue bien des fois, que, dans certains moments graves de la vie, tel Esprit du monde extérieur s'incarnait tout à coup en la forme d'une personne ordinaire, et agissait ou tentait d'agir sur nous, sans que cette personne en eût la connaissance ou en gardât le souvenir.

Mon ami m'avait quitté, voyant ses efforts inutiles, et me croyant sans doute en proie à quelque idée fixe que la marche calmerait. Me trouvant seul, je me levai avec effort et me remis en route dans la direction de l'étoile sur laquelle je ne cessais de fixer les yeux. Je chantais en marchant un hymne mystérieux dont je croyais me souvenir comme l'ayant entendu dans quelque autre existence, et qui me remplissait d'une joie ineffable. En même temps, je quittais mes habits terrestres et je les dispersais autour de moi. La route semblait s'élever toujours et l'étoile s'agrandir. Puis, je restai les bras étendus, attendant le moment où l'âme allait se séparer du corps, attirée magnétiquement dans le rayon de l'étoile. Alors je sentis un frisson ; le regret de la terre et de ceux que j'y aimais me saisit au cœur, et je suppliai si ardemment en moi-même l'Esprit qui m'attirait à lui, qu'il me sembla que je redescendais parmi les hommes. Une ronde de nuit m'entourait ; – j'avais alors l'idée que j'étais devenu très grand, – et que, tout inondé de forces électriques, j'allais renverser tout ce qui m'approchait. Il y avait quelque chose de comique dans le soin que je prenais de ménager les forces et la vie des soldats qui m'avaient recueilli.

Si je ne pensais que la mission d'un écrivain est d'analyser sincèrement ce qu'il éprouve dans les graves circonstances de la vie, et si je ne me proposais un but que je crois utile, je m'arrêterais ici, et je n'essayerais pas de décrire ce que j'éprouvai ensuite dans une série de visions insensées peut-être, ou vulgairement maladives... Étendu sur un lit de camp, je crus voir le ciel se dévoiler et s'ouvrir en mille aspects de magnificences inouïes. Le destin de l'Âme délivrée semblait se révéler à moi comme pour me donner le regret d'avoir voulu reprendre pied de toutes les forces de mon esprit sur la terre que j'allais quitter... D'immenses cercles se traçaient dans l'infini, comme

17

les orbes que forme l'eau troublée par la chute d'un corps ; chaque région, peuplée de figures radieuses, se colorait, se mouvait et se fondait tour à tour, et une divinité, toujours la même, rejetait en souriant les masques furtifs de ses diverses incarnations, et se réfugiait enfin, insaisissable, dans les mystiques splendeurs du ciel d'Asie.

Cette vision céleste, par un de ces phénomènes que tout le monde a pu éprouver dans certains rêves, ne me laissait pas étranger à ce qui se passait autour de moi. Couché sur un lit de camp, j'entendais que les soldats s'entretenaient d'un inconnu arrêté comme moi et dont la voix avait retenti dans la même salle. Par un singulier effet de vibration, il me semblait que cette voix résonnait dans ma poitrine et que mon âme se dédoublait pour ainsi dire, distinctement partagée entre la vision et la réalité. Un instant, j'eus l'idée de me retourner avec effort vers celui dont il était question, puis je frémis en me rappelant une tradition bien connue en Allemagne, qui dit que chaque homme a un *double*, et que, lorsqu'il le voit, la mort est proche. Je fermai les yeux et j'entrai dans un état d'esprit confus où les figures fantasques ou réelles qui m'entouraient se brisaient en mille apparences fugitives. Un instant, je vis près de moi deux de mes amis qui me réclamaient, les soldats me désignèrent ; puis la porte s'ouvrit, et quelqu'un de ma taille, dont je ne voyais pas la figure, sortit avec mes amis que je rappelais en vain. « Mais on se trompe ! m'écriai-je ; c'est moi qu'ils sont venus chercher et c'est un autre qui sort ! » Je fis tant de bruit, que l'on me mit au cachot.

J'y restai plusieurs heures dans une sorte d'abrutissement ; enfin, les deux amis que j'avais *cru voir* déjà vinrent me chercher avec une voiture. Je leur racontai tout ce qui s'était passé, mais ils nièrent être venus dans la nuit. Je dînai avec eux assez tranquillement, mais, à mesure que la nuit approchait, il me sembla que j'avais à redouter l'heure même qui la veille avait risqué de m'être fatale. Je demandai à l'un d'eux une bague orientale qu'il avait au doigt et que je regardais comme un ancien talisman, et, prenant un foulard, je la nouai autour de mon col, en ayant soin de tourner le chaton composé d'une turquoise, sur un point de la nuque où je sentais une douleur. Selon moi, ce point était celui par où l'âme risquerait de sortir au moment où un certain rayon, parti de l'étoile que j'avais vue la veille, coïnciderait relativement à moi avec le zénith. Soit par hasard, soit par l'effet de ma forte préoccupation, je tombai comme foudroyé, à la même heure que la veille. On me mit sur un lit, et pendant longtemps je perdis le sens et la liaison des images qui s'offrirent à moi. Cet état dura plusieurs jours. Je fus transporté dans une maison de santé. Beaucoup de parents et d'amis me visitèrent sans que j'en eusse la connaissance. La seule différence pour moi de la veille au sommeil était que, dans la première, tout se transfigurait à mes yeux ; chaque personne qui m'approchait semblait changée, les objets matériels avaient comme une pénombre qui en modifiait la forme, et les jeux de la lumière, les combinaisons des couleurs se décomposaient, de manière à m'entretenir dans une série constante d'impressions qui se liaient entre elles, et dont le rêve, plus dégagé des éléments extérieurs, continuait la probabilité.

IV

Un soir, je crus avec certitude, être transporté sur les bords du Rhin. En face de moi se trouvaient des rocs sinistres dont la perspective s'ébauchait dans l'ombre. J'entrai dans une maison riante, dont un rayon du soleil couchant traversait gaiement les contrevents verts que festonnait la vigne. Il me semblait que je rentrais dans une demeure connue, celle d'un oncle maternel, peintre flamand, mort depuis plus d'un siècle. Les tableaux ébauchés étaient suspendus çà et là ; l'un d'eux représentait la fée célèbre de ce rivage. Une vieille servante, que j'appelai Marguerite et qu'il me semblait connaître depuis l'enfance, me dit : « N'allez-vous pas vous mettre sur le lit ? car vous venez de loin, et votre oncle rentrera tard ; on vous réveillera pour souper. » Je m'étendis sur un lit à colonnes drapé de perse à grandes fleurs rouges. Il y avait en face de moi une horloge rustique accrochée au mur, et sur cette horloge un oiseau qui se mit à parler comme une personne. Et j'avais l'idée que l'âme de mon aïeul était dans cet oiseau ; mais je ne m'étonnais pas plus de son langage et de sa forme que de me voir comme transporté d'un siècle en arrière. L'oiseau me parlait de personnes de ma famille vivantes ou mortes en divers temps, comme si elles existaient simultanément, et me dit : « Vous voyez que votre oncle avait eu soin de faire *son* portrait d'avance... maintenant, *elle* est avec nous. » Je portai les yeux sur une toile qui représentait une femme en costume ancien à l'allemande, penchée sur le bord du fleuve, et les yeux attirés vers une touffe de myosotis. Cependant la nuit s'épaississait peu à peu, et les aspects, les sons et le sentiment des lieux se confondaient dans mon esprit somnolent ; je crus tomber dans un abîme qui traversait le globe. Je me sentais emporté sans souffrance par un courant de métal fondu, et mille fleuves pareils, dont les teintes indiquaient les différences chimiques, sillonnaient le sein de la terre comme les vaisseaux et les veines qui serpentent parmi les lobes du cerveau. Tous coulaient, circulaient et vibraient ainsi, et j'eus le sentiment que ces courants étaient composés d'âmes vivantes, à l'état moléculaire, que la rapidité de ce voyage m'empêchait seule de distinguer. Une clarté blanchâtre s'infiltrait peu à peu dans ces conduits, et je vis enfin s'élargir, ainsi qu'une vaste coupole, un horizon nouveau où se traçaient des îles entourées de flots lumineux. Je me trouvai sur une côte éclairée de ce jour sans soleil, et je vis un vieillard qui cultivait la terre. Je le reconnus pour le même qui m'avait parlé par la voix de l'oiseau, et, soit qu'il me parlât, soit que je le comprisse en moi-même, il devenait clair pour moi que les aïeux prenaient la forme de certains animaux pour nous visiter sur la terre, et qu'ils assistaient ainsi, muets observateurs, aux phases de notre existence.

Le vieillard quitta son travail et m'accompagna jusqu'à une maison qui s'élevait près de là. Le paysage qui nous entourait me rappelait celui d'un pays de la Flandre française où mes parents avaient vécu et où se trouvent leurs tombes : le champ entouré de bosquets à la lisière du bois, le lac voisin, la rivière et le lavoir, le village et sa rue qui monte, les collines de grès sombre et leurs touffes de genêts et de bruyères, image rajeunie des lieux que j'avais aimés. Seulement, la maison où j'entrai ne m'était point connue. Je compris qu'elle avait existé dans je ne sais quel temps, et qu'en ce monde que je visitais alors, le fantôme des choses accompagnait celui du corps.

J'entrai dans une vaste salle où beaucoup de personnes étaient réunies. Partout je retrouvais des figures connues. Les traits des parents morts que j'avais pleurés se trouvaient reproduits dans d'autres qui, vêtus de costumes plus anciens, me faisaient le même accueil paternel. Ils paraissaient s'être assemblés pour un banquet de famille. Un de ces parents vint à moi et m'embrassa tendrement. Il portait un costume ancien dont les couleurs semblaient pâlies, et sa figure souriante, sous ses cheveux poudrés, avait quelque ressemblance avec la mienne. Il me semblait plus précisément vivant que les autres, et pour ainsi dire en rapport plus volontaire avec mon esprit. – C'était mon oncle. Il me fit placer près de lui, et une sorte de communication s'établit entre nous ; car je ne puis dire que j'entendisse sa voix ; seulement, à mesure que ma pensée se portait sur un point, l'explication m'en devenait claire aussitôt, et les images se précisaient devant mes yeux comme des peintures animées.

« Cela est donc vrai, disais-je avec ravissement, nous sommes immortels et nous conservons ici les images du monde que nous avons habité. Quel bonheur de songer que tout ce que nous avons aimé existera toujours autour de nous !... J'étais bien fatigué de la vie !

– Ne te hâte pas, dit-il, de te réjouir, car tu appartiens encore au monde d'en haut et tu as à supporter de rudes années d'épreuves. Le séjour qui t'enchante a lui-même ses douleurs, ses luttes et ses dangers. La terre où nous avons vécu est toujours le théâtre où se nouent et se dénouent nos destinées ; nous sommes les rayons du feu central qui l'anime et qui déjà s'est affaibli...

– Eh quoi ! dis-je, la terre pourrait mourir, et nous serions envahis par le néant ?

– Le néant, dit-il, n'existe pas dans le sens qu'on l'entend ; mais la terre est elle-même un corps matériel dont la somme des esprits est l'âme. La matière ne peut pas plus périr que l'esprit, mais elle peut se modifier selon le bien et selon le mal. Notre passé et notre avenir sont solidaires. Nous vivons dans notre race, et notre race vit en nous. »

Cette idée me devint aussitôt sensible, et, comme si les murs de la salle se fussent ouverts sur des perspectives infinies, il me semblait voir une chaîne non interrompue d'hommes et de femmes en qui j'étais et qui étaient moi-même ; les costumes de tous les peuples, les images de tous les pays apparaissaient distinctement à la fois, comme si mes facultés d'attention s'étaient multipliées sans se confondre, par un phénomène d'espace analogue à celui du temps qui concentre un siècle d'action dans une minute de rêve. Mon étonnement s'accrut en voyant que cette immense énumération se composait seulement des personnes qui se trouvaient dans la salle et dont j'avais vu les images se diviser et se combiner en mille aspects fugitifs.

« Nous sommes sept, dis-je à mon oncle.

– C'est en effet, dit-il, le nombre typique de chaque famille humaine, et, par extension, sept fois sept, et davantage*. »

Je ne puis espérer de faire comprendre cette réponse, qui pour moi-même est restée très obscure. La métaphysique ne me fournit pas de termes pour la perception qui me vint alors du rapport de ce nombre de personnes avec l'harmonie générale. On conçoit bien dans le père et la mère l'analogie des forces électriques de la nature ; mais comment établir les centres individuels émanés d'eux, dont ils émanent, comme une *figure* animique collective, dont la combinaison serait à la fois multiple et bornée ? Autant vaudrait demander compte à la fleur du nombre de ses pétales ou des divisions de sa corolle..., au sol des figures qu'il trace, au soleil des couleurs qu'il produit.

---

* Sept était le nombre de la famille de Noé ; mais l'un des sept se rattachait mystérieusement aux générations antérieures des Éloïm !...

... L'imagination, comme un éclair, me présenta les dieux multiples de l'Inde comme des images de la famille pour ainsi dire primitivement concentrée. Je frémis d'aller plus loin, car dans la Trinité réside encore un mystère redoutable... Nous sommes nés sous la loi biblique...

V

Tout changeait de forme autour de moi. L'esprit avec qui je m'entretenais n'avait plus le même aspect. C'était un jeune homme qui désormais recevait plutôt de moi les idées qu'il ne me les communiquait... Étais-je allé trop loin dans ces hauteurs qui donnent le vertige ? Il me sembla comprendre que ces questions étaient obscures ou dangereuses, même pour les esprits du monde que je percevais alors. Peut-être aussi un pouvoir supérieur m'interdisait-il ces recherches. Je me vis errant dans les rues d'une cité très populeuse et inconnue. Je remarquai qu'elle était bossuée de collines et dominée par un mont tout couvert d'habitations. À travers le peuple de cette capitale, je distinguais certains hommes qui paraissaient appartenir à une nation particulière ; leur air vif, résolu, l'accent énergique de leurs traits me faisaient songer aux races indépendantes et guerrières des pays de montagnes ou de certaines îles peu fréquentées par les étrangers ; toutefois c'est au milieu d'une grande ville et d'une population mélangée et banale qu'ils savaient maintenir ainsi leur individualité farouche. Qu'étaient donc ces hommes ? Mon guide me fit gravir des rues escarpées et bruyantes où retentissaient les bruits divers de l'industrie. Nous montâmes encore par de longues séries d'escaliers, au delà desquels la vue se découvrit. Çà et là, des terrasses revêtues de treillages, des jardinets ménagés sur quelques espaces aplatis, des toits, des pavillons légèrement construits, peints et sculptés avec une capricieuse patience ; des perspectives reliées par de longues traînées de verdures grimpantes séduisaient l'œil et plaisaient à l'esprit comme l'aspect d'une oasis délicieuse, d'une solitude ignorée au-dessus du tumulte et de ces bruits d'en bas, qui là n'étaient plus qu'un murmure. On a souvent parlé de nations proscrites, vivant dans l'ombre des nécropoles et des catacombes ; c'était ici le contraire sans doute. Une race heureuse s'était créé cette retraite aimée des oiseaux, des fleurs, de l'air pur et de la clarté. « Ce sont, me dit mon guide, les anciens habitants de cette montagne qui domine la ville où nous sommes en ce moment. Longtemps ils y ont vécu simples de mœurs, aimants et justes, conservant les vertus naturelles des premiers jours du monde. Le peuple environnant les honorait et se modelait sur eux. »

Du point où j'étais alors, je descendis, suivant mon guide, dans une de ces hautes habitations dont les toits réunis présentaient cet aspect étrange. Il me semblait que mes pieds s'enfonçaient dans les couches successives des édifices de différents âges. Ces fantômes de constructions en découvraient toujours d'autres où se distinguait le goût particulier de chaque siècle, et cela me représentait l'aspect des fouilles que l'on fait dans les cités antiques, si ce n'est que c'était aéré, vivant, traversé des mille jeux de la lumière. Je me trouvai enfin dans une vaste chambre où je vis un vieillard travaillant devant une table à je ne sais quel ouvrage d'industrie. Au moment où je franchissais la porte, un homme vêtu de blanc, dont je distinguais mal la figure, me menaça d'une arme qu'il tenait à la main ; mais celui qui m'accompagnait lui fit signe de s'éloigner. Il semblait qu'on eût voulu m'empêcher de pénétrer le mystère de ces retraites. Sans rien demander à mon guide, je compris par intuition que ces hauteurs et en même temps ces profondeurs étaient la retraite des habitants primitifs de la montagne. Bravant toujours le flot envahissant des accumulations de races nouvelles, ils vivaient là, simples de mœurs, aimants et justes, adroits, fermes et ingénieux, et pacifiquement vainqueurs des masses aveugles qui avaient tant de fois envahi leur héritage. Eh quoi ! ni corrompus, ni détruits, ni esclaves ; purs, quoique ayant vaincu l'ignorance; conservant dans l'aisance les vertus de la pauvreté. – Un enfant s'amusait à terre avec des cristaux, des coquillages et des pierres gravées, faisant sans doute un jeu d'une étude. Une femme âgée, mais belle encore, s'occupait des soins du ménage. En ce moment, plusieurs jeunes gens entrèrent avec bruit, comme revenant de leurs travaux. Je m'étonnais de les voir tous vêtus de blanc; mais il paraît que c'était une illusion de ma vue; pour la rendre sensible, mon guide se mit à dessiner leur costume qu'il teignit de couleurs vives, me faisant comprendre qu'ils étaient ainsi en réalité. La blancheur qui m'étonnait provenait peut-être d'un éclat particulier, d'un jeu de lumière où se confondaient les teintes ordinaires du prisme. Je sortis de la chambre et je me vis sur une terrasse disposée en parterre. Là se promenaient et jouaient des jeunes filles et des enfants. Leurs vêtements me paraissaient blancs comme les autres, mais ils étaient agrémentés par des broderies de couleur rose. Ces personnes étaient si belles, leurs traits si gracieux, et l'éclat de leur âme transparaissait si vivement à travers leurs formes délicates, qu'elles inspiraient toutes une sorte d'amour sans préférence et sans désir, résumant tous les enivrements des passions vagues de la jeunesse.

Je ne puis rendre le sentiment que j'éprouvai au milieu de ces êtres charmants qui m'étaient chers sans que je les connusse. C'était comme une famille primitive et céleste, dont les yeux souriants cherchaient les miens avec une douce compassion. Je me mis à pleurer à chaudes larmes, comme au souvenir d'un paradis perdu. Là, je sentis amèrement que j'étais un passant dans ce monde à la fois étranger et chéri, et je frémis à la pensée que je devais retourner dans la vie. En vain, femmes et enfants se pressaient autour de moi comme pour me retenir. Déjà leurs formes ravissantes se fondaient en vapeurs confuses; ces beaux visages pâlissaient, et ces traits accentués, ces yeux étincelants se perdaient dans une ombre où luisait encore le dernier éclair du sourire...

Telle fut cette vision, ou tels furent du moins les détails principaux dont j'ai gardé le souvenir. L'état cataleptique où je m'étais trouvé pendant plusieurs jours me fut expliqué scientifiquement, et les récits de ceux qui m'avaient vu ainsi me causaient une sorte d'irritation quand je voyais qu'on attribuait à l'aberration d'esprit les mouvements ou les paroles coïncidant avec les diverses phases de ce qui constituait pour moi une série d'événements logiques. J'aimais davantage ceux de mes amis qui, par une patiente complaisance ou par suite d'idées analogues aux miennes, me faisaient faire de longs récits des choses que j'avais vues en esprit. L'un d'eux me dit en pleurant : « N'est-ce pas que c'est vrai qu'il y a un Dieu ? – Oui ! » lui dis-je avec enthousiasme. Et nous nous embrassâmes comme deux frères de cette patrie mystique que j'avais entrevue. Quel bonheur je trouvai d'abord dans cette conviction ! Ainsi ce doute éternel de l'immortalité de l'âme qui affecte les meilleurs esprits se trouvait résolu pour moi. Plus de mort, plus de tristesse, plus d'inquiétude. Ceux que j'aimais, parents, amis, me donnaient des signes certains de leur existence éternelle, et je n'étais plus séparé d'eux que par les heures du jour. J'attendais celles de la nuit dans une douce mélancolie.

VI

Un rêve que je fis encore me confirma dans cette pensée. Je me trouvai tout à coup dans une salle qui faisait partie de la demeure de mon aïeul. Elle semblait s'être agrandie seulement. Les vieux meubles luisaient d'un poli merveilleux, les tapis et les rideaux étaient comme remis à neuf, un jour trois fois plus brillant que le jour naturel arrivait par la croisée et par la porte, et il y avait dans l'air une fraîcheur et un parfum des premières matinées tièdes du printemps. Trois femmes travaillaient dans cette pièce, et représentaient, sans leur ressembler absolument, des parentes et des amies de ma jeunesse. Il semblait que chacune eût les traits de plusieurs de ces personnes. Les contours de leurs figures variaient comme la flamme d'une lampe, et à tout moment quelque chose de l'une passait dans l'autre ; le sourire, la voix, la teinte des yeux, de la chevelure, la taille, les gestes familiers, s'échangeaient comme si elles eussent vécu de la même vie, et chacune était ainsi un composé de toutes, pareille à ces types que les peintres imitent de plusieurs modèles pour réaliser une beauté complète.

La plus âgée me parlait avec une voix vibrante et mélodieuse que je reconnaissais pour l'avoir entendue dans l'enfance, et je ne sais ce qu'elle me disait qui me frappait par sa profonde justesse. Mais elle attira ma pensée sur moi-même, et je me vis vêtu d'un petit habit brun de forme ancienne, entièrement tissu à l'aiguille de fils ténus comme ceux des toiles d'araignées. Il était coquet, gracieux et imprégné de douces odeurs. Je me sentais tout rajeuni et tout pimpant dans ce vêtement qui sortait de leurs doigts de fée, et je les remerciais en rougissant, comme si je n'eusse été qu'un petit enfant devant de grandes belles dames. Alors l'une d'elles se leva et se dirigea vers le jardin.

Chacun sait que dans les rêves on ne voit jamais le soleil, bien qu'on ait souvent la perception d'une clarté beaucoup plus vive. Les objets et les corps sont lumineux par eux-mêmes. Je me vis dans un petit parc où se prolongeaient des treilles en berceaux chargées de lourdes grappes de raisins blancs et noirs ; à mesure que la dame qui me guidait s'avançait sous ces berceaux, l'ombre des treillis croisés variait encore pour mes yeux ses formes et ses vêtements. Elle en sortit enfin, et nous nous trouvâmes dans un espace découvert. On y apercevait à peine la trace d'anciennes allées qui l'avaient jadis coupé en croix. La culture était négligée depuis de longues années, et des plants épars de clématites, de houblon, de chèvrefeuille, de jasmin, de lierre, d'aristoloche, étendaient entre des arbres d'une croissance vigoureuse leurs longues traînées de lianes. Des branches pliaient jusqu'à terre chargées de fruits, et parmi des touffes d'herbes parasites s'épanouissaient quelques fleurs de jardin revenues à l'état sauvage.

De loin en loin s'élevaient des massifs de peupliers, d'acacias et de pins, au sein desquels on entrevoyait des statues noircies par le temps. J'aperçus devant moi un entassement de rochers couverts de lierre d'où jaillissait une source d'eau vive, dont le clapotement harmonieux résonnait sur un bassin d'eau dormante à demi voilée des larges feuilles de nénuphar.

La dame que je suivais, développant sa taille élancée dans un mouvement qui faisait miroiter les plis de sa robe en taffetas changeant, entoura gracieusement de son bras nu une longue tige de rose trémière, puis elle se mit à grandir sous un clair rayon de lumière, de telle sorte que peu à peu le jardin prenait sa forme, et les parterres et les arbres devenaient les rosaces et les festons de ses vêtements ; tandis que sa figure et ses bras imprimaient leurs contours aux nuages pourprés du ciel. Je la perdais de vue à mesure qu'elle se transfigurait, car elle semblait s'évanouir dans sa propre grandeur. « Oh ! ne fuis pas ! m'écriai-je... car la nature meurt avec toi ! »

Disant ces mots, je marchais péniblement à travers les ronces, comme pour saisir l'ombre agrandie qui m'échappait, mais je me heurtai à un pan de mur dégradé, au pied duquel gisait un buste de femme. En le relevant, j'eus la persuasion que c'était *le sien*... Je reconnus des traits chéris, et, portant les yeux autour de moi, je vis que le jardin avait pris l'aspect d'un cimetière. Des voix disaient : « L'Univers est dans la nuit ! »

VII

Ce rêve si heureux à son début me jeta dans une grande perplexité. Que signifiait-il ? Je ne le sus que plus tard. Aurélia était morte.

Je n'eus d'abord que la nouvelle de sa maladie. Par suite de l'état de mon esprit, je ne ressentis qu'un vague chagrin mêlé d'espoir. Je croyais moi-même n'avoir que peu de temps à vivre, et j'étais désormais assuré de l'existence d'un monde où les cœurs aimants se retrouvent. D'ailleurs, elle m'appartenait bien plus dans sa mort que dans sa vie... Égoïste pensée que ma raison devait payer plus tard par d'amers regrets.

Je ne voudrais pas abuser des pressentiments ; le hasard fait d'étranges choses ; mais je fus alors vivement préoccupé d'un souvenir de notre union trop rapide. Je lui avais donné une bague d'un travail ancien dont le chaton était formé d'une opale taillée en cœur. Comme cette bague était trop grande pour son doigt, j'avais eu l'idée fatale de la faire couper pour en diminuer l'anneau ; je ne compris ma faute qu'en entendant le bruit de la scie. Il me sembla voir couler du sang...

Les soins de l'art m'avaient rendu à la santé sans avoir encore ramené dans mon esprit le cours régulier de la raison humaine. La maison où je me trouvais, située sur une hauteur, avait un vaste jardin planté d'arbres précieux. L'air pur de la colline où elle était située, les premières haleines du printemps, les douceurs d'une société toute sympathique, m'apportaient de longs jours de calme.

Les premières feuilles des sycomores me ravissaient par la vivacité de leurs couleurs, semblables aux panaches des coqs de Pharaon. La vue, qui s'étendait au-dessus de la plaine, présentait du matin au soir des horizons charmants, dont les teintes graduées plaisaient à mon imagination. Je peuplais les coteaux et les nuages de figures divines dont il me semblait voir distinctement les formes. – Je voulus fixer davantage mes pensées favorites, et, à l'aide de charbons et de morceaux de brique que je ramassais, je couvris bientôt les murs d'une série de fresques où se réalisaient mes impressions. Une figure dominait toujours les autres : c'était celle d'Aurélia, peinte sous les traits d'une divinité, telle qu'elle m'était apparue dans mon rêve. Sous ses pieds tournait une roue, et les dieux lui faisaient cortège. Je parvins à colorier ce groupe en exprimant le suc des herbes et des fleurs. – Que de fois j'ai rêvé devant cette chère idole ! Je fis plus, je tentai de figurer avec de la terre le corps de celle que j'aimais ; tous les matins mon travail était à refaire, car les fous, jaloux de mon bonheur, se plaisaient à en détruire l'image.

On me donna du papier, et pendant longtemps je m'appliquai à représenter, par mille figures accompagnées de récits, de vers et d'inscriptions en toutes les langues connues, une sorte d'histoire du monde mêlée de souvenirs d'études et de fragments de songes que ma préoccupation rendait plus sensible ou qui en prolongeait la durée. Je ne m'arrêtais pas aux traditions modernes de la création. Ma pensée remontait au delà : j'entrevoyais, comme en un souvenir, le premier pacte formé par les génies au moyen de talismans. J'avais essayé de réunir les pierres de la *Table sacrée*, et de représenter à l'entour les sept premiers *Éloïm* qui s'étaient partagé le monde.

Ce système d'histoire, emprunté aux traditions orientales, commençait par l'heureux accord des Puissances de la nature, qui formulaient et organisaient l'univers. – Pendant la nuit qui précéda mon travail, je m'étais cru transporté dans une planète obscure où se débattaient les premiers germes de la création. Du sein de l'argile encore molle s'élevaient des palmiers gigantesques, des euphorbes vénéneux et des acanthes tortillées autour des cactus ; les figures arides des rochers s'élançaient comme des squelettes de cette ébauche de création, et de hideux reptiles serpentaient, s'élargissaient ou s'arrondissaient au milieu de l'inextricable réseau d'une végétation sauvage. La pâle lumière des astres éclairait seule les perspectives bleuâtres de cet étrange horizon ; cependant, à mesure que ces créations se formaient, une étoile plus lumineuse y puisait les germes de la clarté.

VIII

Puis les monstres changeaient de forme, et, dépouillant leurs premières peaux, se dressaient plus puissants sur des pattes gigantesques ; l'énorme masse de leurs corps brisait les branches et les herbages, et, dans le désordre de la nature, ils se livraient des combats auxquels je prenais part moi-même, car j'avais un corps aussi étrange que les leurs. Tout à coup une singulière harmonie résonna dans nos solitudes, et il semblait que les cris, les rugissements et les sifflements confus des êtres primitifs se modulassent désormais sur cet air divin. Les variations se succédaient à l'infini, la planète s'éclairait peu à peu, des formes divines se dessinaient sur la verdure et sur les profondeurs des bocages, et, désormais domptés, tous les monstres que j'avais vus dépouillaient leurs formes bizarres et devenaient hommes et femmes ; d'autres revêtaient, dans leurs transformations, la figure des bêtes sauvages, des poissons et des oiseaux.

Qui donc avait fait ce miracle ? Une déesse rayonnante guidait, dans ces nouveaux *avatars*, l'évolution rapide des humains. Il s'établit alors une distinction de races qui, partant de l'ordre des oiseaux, comprenait aussi les bêtes, les poissons et les reptiles : c'étaient les Dives, les Péris, les Ondins et les Salamandres ; chaque fois qu'un de ces êtres mourait, il renaissait aussitôt sous une forme plus belle et chantait la gloire des dieux. Cependant, l'un des Éloïm eut la pensée de créer une cinquième race, composée des éléments de la terre, et qu'on appela *les Afrites*. Ce fut le signal d'une révolution complète parmi les Esprits qui ne voulurent pas reconnaître les nouveaux possesseurs du monde. Je ne sais combien de mille ans durèrent ces combats qui ensanglantèrent le globe. Trois des Éloïm avec les Esprits de leurs races furent enfin relégués au midi de la terre où ils fondèrent de vastes royaumes. Ils avaient emporté les secrets de la divine *cabale* qui lie les mondes, et prenaient leur force dans l'adoration de certains astres auxquels ils correspondent toujours. Ces nécromants, bannis aux confins de la terre, s'étaient entendus pour se transmettre la puissance. Entouré de femmes et d'esclaves, chacun de leurs souverains s'était assuré de pouvoir renaître sous la forme d'un de ses enfants. Leur vie était de mille ans. De puissants cabalistes les enfermaient, à l'approche de leur mort, dans des sépulcres bien gardés où ils les nourrissaient d'élixirs et de substances conservatrices. Longtemps encore ils gardaient les apparences de la vie, puis, semblables à la chrysalide qui file son cocon, ils s'endormaient quarante jours pour renaître sous la forme d'un jeune enfant qu'on appelait plus tard à l'empire.

Cependant les forces vivifiantes de la terre s'épuisaient à nourrir ces familles, dont le sang toujours le même inondait des rejetons nouveaux. Dans de vastes souterrains, creusés sous les hypogées et sous les pyramides, ils avaient accumulé tous les trésors des races passées et certains talismans qui les protégeaient contre la colère des dieux.

C'est dans le centre de l'Afrique, au delà des montagnes de la Lune et de l'antique Éthiopie qu'avaient lieu ces étranges mystères : longtemps j'y avais gémi dans la captivité, ainsi qu'une partie de la race humaine. Les bocages que j'avais vus si verts ne portaient plus que de pâles fleurs et des feuillages flétris ; un soleil implacable dévorait ces contrées, et les faibles enfants de ces éternelles dynasties semblaient accablés du poids de la vie. Cette grandeur imposante et monotone, réglée par l'étiquette et les cérémonies hiératiques, pesait à tous sans que personne osât s'y soustraire. Les vieillards languissaient sous le poids de leurs couronnes et de leurs ornements impériaux, entre des médecins et des prêtres, dont le savoir leur garantissait l'immortalité. Quant au peuple, à tout jamais engrené dans les divisions des castes, il ne pouvait compter ni sur la vie, ni sur la liberté. Au pied des arbres frappés de mort et de stérilité, aux bouches des sources taries, on voyait sur l'herbe brûlée se flétrir des enfants et des jeunes femmes énervés et sans couleur. La splendeur des chambres royales, la majesté des portiques, l'éclat des vêtements et des parures, n'étaient qu'une faible consolation aux ennuis éternels de ces solitudes.

Bientôt les peuples furent décimés par des maladies, les bêtes et les plantes moururent, et les immortels, eux-mêmes, dépérissaient sous leurs habits pompeux. Un fléau plus grand que les autres vint tout

34

à coup rajeunir et sauver le monde. La constellation d'Orion ouvrit au ciel les cataractes des eaux ; la terre, trop chargée par les glaces du pôle opposé, fit un demi-tour sur elle-même, et les mers, surmontant leurs rivages, refluèrent sur les plateaux de l'Afrique et de l'Asie ; l'inondation pénétra les sables, remplit les tombeaux et les pyramides, et, pendant quarante jours, une arche mystérieuse se promena sur les mers portant l'espoir d'une création nouvelle.

Trois des Éloïm s'étaient réfugiés sur la cime la plus haute des montagnes d'Afrique. Un combat se livra entre eux. Ici ma mémoire se trouble, et je ne sais quel fut le résultat de cette lutte suprême. Seulement, je vois encore debout, sur un pic baigné des eaux, une femme abandonnée par eux, qui crie les cheveux épars, se débattant contre la mort. Ses accents plaintifs dominaient le bruit des eaux... Fut-elle sauvée ? Je l'ignore. Les dieux, ses frères, l'avaient condamnée ; mais au-dessus de sa tête brillait l'Étoile du soir, qui versait sur son front des rayons enflammés.

L'hymne interrompu de la terre et des cieux retentit harmonieusement pour consacrer l'accord des races nouvelles. Et pendant que les fils de Noé travaillaient péniblement aux rayons d'un soleil nouveau, les nécromants, blottis dans leurs demeures souterraines, y gardaient toujours leurs trésors et se complaisaient dans le silence et dans la nuit. Parfois ils sortaient timidement de leurs asiles et venaient effrayer les vivants ou répandre parmi les méchants les leçons funestes de leurs sciences.

Tels sont les souvenirs que je retraçais par une sorte de vague intuition du passé ; je frémissais en reproduisant les traits hideux de ces races maudites. Partout mourait, pleurait ou languissait l'image souffrante de la Mère éternelle. À travers les vagues civilisations de l'Asie et de l'Afrique, on voyait se renouveler toujours une scène sanglante d'orgie et de carnage que les mêmes esprits reproduisaient sous des formes nou-velles.

La dernière se passait à Grenade, où le talisman sacré s'écroulait sous les coups ennemis des chrétiens et des Maures. Combien d'années encore le monde aura-t-il à souffrir, car il faut que la vengeance de ces éternels ennemis se renouvelle sous d'autres cieux ! Ce sont les tronçons divisés du serpent qui entoure la terre... Séparés par le fer, ils se rejoignent dans un hideux baiser cimenté par le sang des hommes.

IX

Telles furent les images qui se montrèrent tour à tour devant mes yeux. Peu à peu le calme était rentré dans mon esprit, et je quittai cette demeure qui était pour moi un paradis. Des circonstances fatales prépa-rèrent, longtemps après, une rechute qui renoua la série interrompue de ces étranges rêveries. – Je me promenais dans la campagne préoccupé d'un travail qui se rattachait aux idées religieuses. En passant devant une maison, j'entendis un oiseau qui parlait selon quelques mots qu'on lui avait appris, mais dont le bavardage confus me parut avoir un sens ; il me rappela celui de la vision que j'ai racontée plus haut, et je sentis un frémissement de mauvais augure. Quelques pas plus loin, je rencontrai un ami que je n'avais pas vu depuis longtemps et qui demeurait dans une maison voisine. Il voulut me faire voir sa pro-priété, et, dans cette visite, il me fit monter sur une ter-rasse élevée d'où l'on découvrait un vaste horizon. C'était un coucher du soleil. En descendant les marches d'un escalier rustique, je fis un faux pas, et ma poitrine alla porter sur l'angle d'un meuble. J'eus assez de force pour me relever et m'élançai jusqu'au milieu du jardin, me croyant frappé à mort, mais voulant, avant de mourir, jeter un dernier regard au soleil couchant. Au milieu des regrets qu'entraîne un tel moment, je me sentais heureux de mourir ainsi, à cette heure, et au milieu des arbres, des treilles et des fleurs d'automne. Ce ne fut cependant qu'un évanouissement, après lequel j'eus encore la force de regagner ma demeure pour me mettre au lit. La fièvre s'empara de moi ; en me rappelant de quel point j'étais tombé, je me souvins que la vue que j'avais admirée donnait sur un cimetière, celui même où se trouvait le tombeau d'Aurélia. Je n'y pensai véritablement qu'alors ; sans quoi, je pourrais attribuer ma chute à l'impression que cet aspect m'aurait fait éprouver. Cela même me donna l'idée d'une fatalité plus précise. Je regrettai d'autant plus que la mort ne m'eût pas réuni à elle. Puis, en y songeant, je me dis que je n'en étais pas digne. Je me représentai amèrement la vie que j'avais menée depuis sa mort, me reprochant, non de l'avoir oubliée, ce qui n'était point arrivé, mais d'avoir, en de faciles amours, fait outrage à sa mémoire. L'idée me vint d'interroger le sommeil, mais *son* image, qui m'était apparue souvent, ne revenait plus dans mes songes. Je n'eus d'abord que des rêves confus, mêlés de scènes sanglantes. Il semblait que toute une race fatale se fût déchaînée au milieu du monde idéal que j'avais vu autrefois et dont elle était la reine. Le même Esprit qui m'avait menacé, – lorsque j'entrais dans la demeure de ces familles pures qui habitaient les hauteurs de la *Ville mystérieuse*, – passa devant moi, non plus dans ce costume blanc qu'il portait jadis, ainsi que ceux de sa race, mais vêtu en prince d'Orient. Je m'élançai vers lui, le menaçant, mais il se tourna tranquillement vers moi. Ô terreur ! ô colère ! c'était mon visage, c'était toute ma forme idéalisée et grandie... Alors je me souvins de celui qui avait été arrêté la même nuit que moi et que, selon ma pensée, on avait fait sortir sous mon nom du corps de garde, lorsque deux amis étaient venus pour me chercher. Il portait à la main une arme dont je distinguais mal la forme, et l'un de ceux qui l'accompagnaient dit : « C'est avec cela qu'il l'a frappé. »

Je ne sais comment expliquer que, dans mes idées, les événements terrestres pouvaient coïncider avec ceux du monde surnaturel, cela est plus facile à *sentir* qu'à énoncer clairement*. Mais quel était donc cet esprit qui était moi et en dehors de moi ? Était-ce le *Double* des légendes, ou ce frère mystique que les Orientaux appellent *Ferouïr* ? – N'avais-je pas été frappé de l'histoire de ce chevalier qui combattit toute une nuit dans une forêt contre un inconnu qui était lui-même ? Quoi qu'il en soit, je crois que l'imagination humaine n'a rien inventé qui ne soit vrai, dans ce monde ou dans les autres, et je ne pouvais douter de ce que j'avais *vu* si distinctement.

Une idée terrible me vint : « L'homme est double », me dis-je. – « Je sens deux hommes en moi », a écrit un Père de l'Église. Le concours de deux âmes a déposé ce germe mixte dans un corps qui lui-même offre à la vue deux portions similaires reproduites dans tous les organes de sa structure. Il y a en tout homme un spectateur et un acteur, celui qui parle et celui qui répond. Les Orientaux ont vu là deux ennemis : le bon et le mauvais génie. « Suis-je le bon ? suis-je le mauvais ? me disais-je. En tout cas, *l'autre* m'est hostile... Qui sait s'il n'y a pas telle circonstance ou tel âge où ces deux esprits se séparent ? Attachés au même corps tous deux par une affinité matérielle, peut-être l'un est-il promis à la gloire et au bonheur, l'autre à l'anéantissement ou à la souffrance éternelle ? » Un éclair fatal traversa tout à coup cette obs-

---

* Cela faisait allusion, pour moi, au coup que j'avais reçu dans ma chute.

curité... Aurélia n'était plus à moi !... Je croyais entendre parler d'une cérémonie qui se passait ailleurs, et des apprêts d'un mariage mystique qui était le mien, et où *l'autre* allait profiter de l'erreur de mes amis et d'Aurélia elle-même. Les personnes les plus chères qui venaient me voir et me consoler me paraissaient en proie à l'incertitude, c'est-à-dire que les deux parties de leurs âmes se séparaient aussi à mon égard, l'une affectionnée et confiante, l'autre comme frappée de mort à mon égard. Dans ce que ces personnes me disaient, il y avait un sens double, bien que toutefois elles ne s'en rendissent pas compte, puisqu'elles n'étaient pas *en esprit* comme moi. Un instant même, cette pensée me sembla comique en songeant à Amphitryon et à Sosie. Mais, si ce symbole grotesque était autre chose, – si, comme dans d'autres fables de l'antiquité, c'était la vérité fatale sous un masque de folie ? « Eh bien, me dis-je, luttons contre l'esprit fatal, luttons contre le dieu lui-même avec les armes de la tradition et de la science. Quoi qu'il fasse dans l'ombre et la nuit, j'existe, et j'ai pour le vaincre tout le temps qu'il m'est donné encore de vivre sur la terre. »

X

Comment peindre l'étrange désespoir où ces idées me réduisirent peu à peu ? Un mauvais génie avait pris ma place dans le monde des âmes ; pour Aurélia, c'était moi-même, et l'esprit désolé qui vivifiait mon corps, affaibli, dédaigné, méconnu d'elle, se voyait à jamais destiné au désespoir ou au néant. J'employai toutes les forces de ma volonté pour pénétrer encore le mystère dont j'avais levé quelques voiles. Le rêve se jouait parfois de mes efforts et n'amenait que des figures grimaçantes et fugitives. Je ne puis donner ici qu'une idée assez bizarre de ce qui résulta de cette contention d'esprit. Je me sentais glisser comme sur un fil tendu dont la longueur était infinie. La terre, traversée de veines colorées de métaux en fusion, comme je l'avais vue déjà, s'éclaircissait peu à peu par l'épanouissement du feu central, dont la blancheur se fondait avec les teintes cerise qui coloraient les flancs de l'orbe intérieur. Je m'étonnais de temps en temps de rencontrer de vastes flaques d'eau, suspendues comme le sont les nuages dans l'air, et toutefois offrant une telle densité qu'on pouvait en détacher des flocons ; mais il est clair qu'il s'agissait là d'un liquide différent de l'eau terrestre, et qui était sans doute l'évaporation de celui qui figurait la mer et les fleuves pour le monde des esprits.

J'arrivai en vue d'une vaste plage montueuse et toute couverte d'une espèce de roseaux de teinte verdâtre, jaunis aux extrémités comme si les feux du soleil les eussent en partie desséchés, – mais je n'ai pas vu de soleil plus que les autres fois. – Un château dominait la côte que je me mis à gravir. Sur l'autre versant, je vis s'étendre une ville immense. Pendant que j'avais traversé la montagne, la nuit était venue, et j'apercevais les lumières des habitations et des rues. En descendant, je me trouvai dans un marché où l'on vendait des fruits et des légumes pareils à ceux du Midi.

Je descendis par un escalier obscur et me trouvai dans les rues. On affichait l'ouverture d'un casino, et les détails de sa distribution se trouvaient énoncés par articles. L'encadrement typographique était fait de guirlandes de fleurs si bien représentées et coloriées, qu'elles semblaient naturelles. Une partie du bâtiment était encore en construction. J'entrai dans un atelier où je vis des ouvriers qui modelaient en glaise un animal énorme de la forme d'un lama, mais qui paraissait devoir être muni de grandes ailes. Ce monstre était comme traversé d'un jet de feu qui l'animait peu à peu, de sorte qu'il se tordait, pénétré par mille filets pourpres, formant les veines et les artères et fécondant pour ainsi dire l'inerte matière, qui se revêtait d'une végétation instantanée d'appendices fibreux, d'ailerons et de touffes laineuses. Je m'arrêtai à contempler ce chef-d'œuvre, où l'on semblait avoir surpris les secrets de la création divine. « C'est que nous avons ici, me dit-on, le feu primitif qui anima les premiers êtres... Jadis il s'élançait jusqu'à la surface de la terre, mais les sources se sont taries. » Je vis aussi des travaux d'orfèvrerie où l'on employait deux métaux inconnus sur la terre : l'un rouge, qui semblait correspondre au cinabre, et l'autre bleu d'azur. Les ornements n'étaient ni martelés ni ciselés, mais se formaient, se coloraient et s'épanouissaient comme les plantes métalliques qu'on fait naître de certaines mixtions chimiques. « Ne créerait-on pas aussi des hommes ? » dis-je à l'un des travailleurs ; mais il me répliqua : « Les hommes viennent d'en haut et non d'en bas : pouvons-nous nous créer nous-mêmes ? Ici l'on ne fait que formuler par les progrès successifs de nos industries une matière plus subtile que celle qui compose la croûte terrestre. Ces fleurs qui vous paraissent naturelles, cet animal qui semblera vivre, ne seront que des produits de l'art élevé au plus haut point de nos connaissances, et chacun les jugera ainsi. »

Telles sont à peu près les paroles, ou qui me furent dites, ou dont je crus percevoir la signification. Je me mis à parcourir les salles du casino et j'y vis une grande foule, dans laquelle je distinguai quelques personnes qui m'étaient connues, les unes vivantes, d'autres mortes en divers temps. Les premières semblaient ne pas me voir, tandis que les autres me répondaient sans avoir l'air de me connaître. J'étais arrivé à la grande salle qui était toute tendue de velours ponceau à bandes d'or tramé, formant de riches dessins. Au milieu se trouvait un sofa en forme de trône. Quelques passants s'y asseyaient pour en éprouver l'élasticité ; mais les préparatifs n'étant pas terminés, ils se dirigeaient vers d'autres salles. On parlait d'un mariage et de l'époux qui, disait-on, devait arriver pour annoncer le moment de la fête. Aussitôt un transport insensé s'empara de moi. J'imaginai que celui qu'on attendait était mon *double*, qui devait épouser Aurélia, et je fis un scandale qui sembla consterner l'assemblée. Je me mis à parler avec violence, expliquant mes griefs et invoquant le secours de ceux qui me connaissaient. Un vieillard me dit : « Mais on ne se conduit pas ainsi, vous effrayez tout le monde. » Alors je m'écriai : « Je sais bien qu'il m'a frappé déjà de ses armes, mais je l'attends sans crainte et je connais le signe qui doit le vaincre. »

En ce moment, un des ouvriers de l'atelier que j'avais visité en entrant parut, tenant une longue barre, dont l'extrémité se composait d'une boule rougie au feu. Je voulus m'élancer sur lui, mais la boule qu'il tenait en arrêt menaçait toujours ma tête. On semblait autour de moi me railler de mon impuissance... Alors je me reculai jusqu'au trône, l'âme pleine d'un indicible orgueil, et je levai le bras pour faire un signe qui me semblait avoir une puissance magique. Le cri d'une femme, distinct et vibrant, empreint d'une douleur déchirante, me réveilla en sursaut ! Les syllabes d'un mot inconnu que j'allais prononcer expiraient sur mes lèvres... Je me précipitai à terre et je me mis à prier avec ferveur en pleurant à chaudes larmes. – Mais quelle était donc cette voix qui venait de résonner si douloureusement dans la nuit ?

Elle n'appartenait pas au rêve ; c'était la voix d'une personne vivante, et pourtant c'était pour moi la voix et l'accent d'Aurélia...

J'ouvris ma fenêtre ; tout était tranquille, et le cri ne se répéta plus. – Je m'informai au dehors, personne n'avait rien entendu. – Et cependant, je suis encore certain que le cri était réel et que l'air des vivants en avait retenti... Sans doute, on me dira que le hasard a pu faire qu'à ce moment-là même une femme souffrante ait crié dans les environs de ma demeure. – Mais, selon ma pensée, les événements terrestres étaient liés à ceux du monde invisible. C'est un de ces rapports étranges dont je ne me rends pas compte moi-même et qu'il est plus aisé d'indiquer que de définir...

Qu'avais-je fait ? J'avais troublé l'harmonie de l'univers magique où mon âme puisait la certitude d'une existence immortelle. J'étais maudit peut-être pour avoir voulu percer un mystère redoutable en offensant la loi divine ; je ne devais plus attendre que la colère et le mépris ! Les ombres irritées fuyaient en jetant des cris et traçant dans l'air des cercles fatals, comme les oiseaux à l'approche d'un orage.

SECONDE PARTIE

Eurydice ! Eurydice !

I

Une seconde fois perdue !

Tout est fini, tout est passé ! C'est moi maintenant qui dois mourir et mourir sans espoir. – Qu'est-ce donc que la mort ? Si c'était le néant... Plût à Dieu ! Mais Dieu lui-même ne peut faire que la mort soit le néant.

Pourquoi donc est-ce la première fois, depuis si longtemps, que je songe à *lui* ? Le système fatal qui s'était créé dans mon esprit n'admettait pas cette royauté solitaire... ou plutôt elle s'absorbait dans la somme des êtres : c'était le dieu de Lucretius, impuissant et perdu dans son immensité.

Elle, pourtant, croyait à Dieu, et j'ai surpris un jour le nom de Jésus sur ses lèvres. Il en coulait si doucement que j'en ai pleuré. Ô mon Dieu ! cette larme, – cette larme... Elle est séchée depuis si longtemps ! Cette larme, mon Dieu ! rendez-la-moi !

Lorsque l'âme flotte incertaine entre la vie et le rêve, entre le désordre de l'esprit et le retour de la froide réflexion, c'est dans la pensée religieuse que l'on doit chercher des secours ; – je n'en ai jamais pu trouver dans cette philosophie, qui ne nous présente que des maximes d'égoïsme ou tout au plus de réciprocité, une expérience vaine, des doutes amers ; – elle lutte contre les douleurs morales en anéantissant la sensibilité ; pareille à la chirurgie, elle ne sait que retrancher l'organe qui fait souffrir. – Mais pour nous, nés dans des jours de révolutions et d'orages, où toutes les croyances ont été brisées, – élevés tout au plus dans cette foi vague qui se contente de quelques pratiques extérieures et dont l'adhésion indifférente est plus coupable peut-être que l'impiété et l'hérésie, – il est bien difficile, dès que nous en sentons le besoin, de reconstruire l'édifice mystique dont les innocents et les simples admettent dans leurs cœurs la figure toute tracée. « L'arbre de science n'est pas l'arbre de vie ! » Cependant, pouvons-nous rejeter de notre esprit ce que tant de générations intelligentes y ont versé de bon ou de funeste ? L'ignorance ne s'apprend pas.

J'ai meilleur espoir de la bonté de Dieu : peut-être touchons-nous à l'époque prédite où la science, ayant accompli son cercle entier de synthèse et d'analyse, de croyance et de négation, pourra s'épurer elle-même et faire jaillir du désordre et des ruines la cité merveilleuse de l'avenir... Il ne faut pas faire si bon marché de la raison humaine, que de croire qu'elle gagne quelque chose à s'humilier tout entière, car ce serait accuser sa céleste origine... Dieu appréciera la pureté des intentions sans doute, et quel est le père qui se complairait à voir son fils abdiquer devant lui tout raisonnement et toute fierté ! L'apôtre qui voulait toucher pour croire n'a pas été maudit pour cela !

Qu'ai-je écrit là ? Ce sont des blasphèmes. L'humilité chrétienne ne peut parler ainsi. De telles pensées sont loin d'attendrir l'âme. Elles ont sur le front les éclairs d'orgueil de la couronne de Satan... Un pacte avec Dieu lui-même ?... Ô science ! ô vanité !

J'avais réuni quelques livres de cabale. Je me plongeai dans cette étude, et j'arrivai à me persuader que tout était vrai dans ce qu'avait accumulé là-dessus l'esprit humain pendant des siècles. La conviction que je m'étais formée de l'existence du monde extérieur coïncidait trop bien avec mes lectures, pour que je doutasse désormais des révélations du passé. Les dogmes et les rites des diverses religions me paraissaient s'y rapporter de telle sorte que chacune possédait une certaine portion de ces arcanes qui constituaient ses moyens d'expansion et de défense. Ces forces pouvaient s'affaiblir, s'amoindrir et disparaître, ce qui amenait l'envahissement de certaines races par d'autres, nulles ne pouvant être victorieuses ou vaincues que par l'Esprit.

« Toutefois, me disais-je, il est sûr que ces sciences sont mélangées d'erreurs humaines. L'alphabet magique, l'hiéroglyphe mystérieux ne nous arrivent qu'incomplets et faussés soit par le temps, soit par ceux-là mêmes qui ont intérêt à notre ignorance ; retrouvons la lettre perdue ou le signe effacé, recomposons la gamme dissonante, et nous prendrons force dans le monde des esprits. »

C'est ainsi que je croyais percevoir les rapports du monde réel avec le monde des esprits. La terre, ses habitants et leur histoire étaient le théâtre où venaient s'accomplir les actions physiques qui préparaient l'existence et la situation des êtres immortels attachés à sa destinée. Sans agiter le mystère impénétrable de l'éternité des mondes, ma pensée remonta à l'époque où le soleil, pareil à la plante qui le représente, qui de sa tête inclinée suit la révolution de sa marche céleste, semait sur la terre les germes féconds des plantes et des animaux. Ce n'était autre chose que le feu même qui, étant un composé d'âmes, formulait instinctivement la demeure commune. L'esprit de l'Être-Dieu, reproduit et pour ainsi dire reflété sur la terre, devenait le type commun des âmes humaines dont chacune, par suite, était à la fois homme et Dieu. Tels furent les Éloïm.

Quand on se sent malheureux, on songe au malheur des autres. J'avais mis quelque négligence à visiter un de mes amis les plus chers, qu'on m'avait dit malade. En me rendant à la maison où il était traité, je me reprochais vivement cette faute. Je fus encore plus désolé lorsque mon ami me raconta qu'il avait été la veille au plus mal. J'entrai dans une chambre d'hospice, blanchie à la chaux. Le soleil découpait des angles joyeux sur les murs et se jouait sur un vase de fleurs qu'une religieuse venait de poser sur la table du malade. C'était presque la cellule d'un anachorète italien. Sa figure amaigrie, son teint semblable à l'ivoire jauni, relevé par la couleur noire de sa barbe et de ses cheveux, ses yeux illuminés d'un reste de fièvre, peut-être aussi l'arrangement d'un manteau à capuchon jeté sur ses épaules, en faisaient pour moi un être à moitié différent de celui que j'avais connu. Ce n'était plus le joyeux compagnon de mes travaux et de mes plaisirs ; il y avait en lui un apôtre. Il me raconta comment il s'était vu, au plus fort des souffrances de son mal, saisi d'un dernier transport qui lui parut être le moment suprême. Aussitôt la douleur avait cessé comme par prodige. – Ce qu'il me raconta ensuite est impossible à rendre : un rêve sublime dans les espaces les plus vagues de l'infini, une conversation avec un être à la fois différent et participant de lui-même, et à qui, se croyant mort, il demandait où était Dieu. « Mais Dieu est partout, lui répondait son esprit ; il est en toi-même et en tous. Il te juge, il t'écoute, il te conseille ; c'est toi et *moi*, qui pensons et rêvons ensemble, – et nous ne nous sommes jamais quittés, et nous sommes éternels ! »

Je ne puis citer autre chose de cette conversation, que j'ai peut-être mal entendue ou mal comprise. Je sais seulement que l'impression en fut très vive. Je n'ose attribuer à mon ami les conclusions que j'ai peut-être faussement tirées de ses paroles. J'ignore même si le sentiment qui en résulte n'est pas conforme à l'idée chrétienne...

– Dieu est avec lui, m'écriai-je... mais il n'est plus avec moi ! Ô malheur ! je l'ai chassé de moi-même, je l'ai menacé, je l'ai maudit ! C'était bien lui, ce frère mystique, qui s'éloignait de plus en plus de mon âme et qui m'avertissait en vain ! Cet époux préféré, ce roi de gloire, c'est lui qui me juge et me condamne, et qui emporte à jamais dans son ciel celle qu'il m'eût donnée et dont je suis indigne désormais !

II

Je ne puis dépeindre l'abattement où me jetèrent ces idées. « Je comprends, me dis-je, j'ai préféré la créature au créateur ; j'ai déifié mon amour et j'ai adoré, selon les rites païens, celle dont le dernier soupir a été consacré au Christ. Mais si cette religion dit vrai, Dieu peut me pardonner encore. Il peut me la rendre si je m'humilie devant lui ; peut-être son esprit reviendra-t-il en moi ! » J'errais dans les rues, au hasard, plein de cette pensée. Un convoi croisa ma marche ; il se dirigeait vers le cimetière où elle avait été ensevelie ; j'eus l'idée de m'y rendre en me joignant au cortège. « J'ignore, me disais-je, quel est ce mort que l'on conduit à la fosse, mais je sais maintenant que les morts nous voient et nous entendent, – peut-être sera-t-il content de se voir suivi d'un frère de douleurs, plus triste qu'aucun de ceux qui l'accompagnent. » Cette idée me fit verser des larmes, et sans doute on crut que j'étais un des meilleurs amis du défunt. Ô larmes bénies ! depuis longtemps votre douceur m'était refusée !... Ma tête se dégageait, et un rayon d'espoir me guidait encore. Je me sentais la force de prier, et j'en jouissais avec transport.

Je ne m'informai pas même du nom de celui dont j'avais suivi le cercueil. Le cimetière où j'étais entré m'était sacré à plusieurs titres. Trois parents de ma famille maternelle y avaient été ensevelis ; mais je ne pouvais aller prier sur leurs tombes, car elles avaient été transportées depuis plusieurs années dans une terre éloignée, lieu de leur origine. – Je cherchai longtemps la tombe d'Aurélia, et je ne pus la retrouver. Les dispositions du cimetière avaient été changées, – peut-être aussi ma mémoire était-elle égarée... Il me semblait que ce hasard, cet oubli, ajoutaient encore à ma condamnation. Je n'osai pas dire aux gardiens le nom d'une morte sur laquelle je n'avais religieusement aucun droit... Mais je me souvins que j'avais chez moi l'indication précise de la tombe, et j'y courus, le cœur palpitant, la tête perdue. Je l'ai dit déjà : j'avais entouré mon amour de superstitions bizarres. Dans un petit coffret qui *lui* avait appartenu, je conservais sa dernière lettre. Oserai-je avouer encore que j'avais fait de ce coffret une sorte de reliquaire qui me rappelait de longs voyages où sa pensée m'avait suivi : une rose cueillie dans les jardins de Schoubrah, un morceau de bandelette rapportée d'Égypte, des feuilles de laurier cueillies dans la rivière de Beyrouth, deux petits cristaux dorés des mosaïques de Sainte-Sophie, un grain de chapelet, que sais-je encore ?... enfin le papier qui m'avait été donné le jour où la tombe fut creusée, afin que je pusse la retrouver... Je rougis, je frémis en dispersant ce fol assemblage. Je pris sur moi les deux papiers, et, au moment de me diriger de nouveau vers le cimetière, je changeai de résolution. « Non, me dis-je, je ne suis pas digne de m'agenouiller sur la tombe d'une chrétienne ; n'ajoutons pas une profanation à tant d'autres !... » Et pour apaiser l'orage qui grondait dans ma tête, je me rendis à quelques lieues de Paris, dans une petite ville où j'avais passé quelques jours heureux au temps de ma jeunesse, chez de vieux parents, morts depuis. J'avais aimé souvent à y venir voir coucher le soleil près de leur maison. Il y avait là une terrasse ombragée de tilleuls qui me rappelait aussi le souvenir de jeunes filles, de parentes, parmi lesquelles j'avais grandi. Une d'elles...

Mais opposer ce vague amour d'enfance à celui qui a dévoré ma jeunesse, y avais-je songé seulement ? Je vis le soleil décliner sur la vallée qui s'emplissait de vapeurs et d'ombre ; il disparut, baignant de feux rougeâtres la cime des bois qui bordaient de hautes collines. La plus morne tristesse entra dans mon cœur. J'allai coucher dans une auberge où j'étais connu. L'hôtelier me parla d'un de mes anciens amis, habitant de la ville, qui, à la suite de spéculations malheureuses, s'était tué d'un coup de pistolet... Le sommeil m'apporta des rêves terribles. Je n'en ai conservé qu'un souvenir confus. – Je me trouvais dans une salle inconnue et je causais avec quelqu'un du monde extérieur, – l'ami dont je viens de parler, peut-être. Une glace très haute se trouvait derrière nous. En y jetant par hasard un coup d'œil, il me sembla reconnaître A***. Elle semblait triste et pensive, et tout à coup, soit qu'elle sortît de la glace, soit que passant dans la salle elle se fût reflétée un instant auparavant, cette figure douce et chérie se trouva près de moi. Elle me tendit la main, laissa tomber sur moi un regard douloureux et me dit : « Nous nous reverrons plus tard... à la maison de ton ami. »

En un instant, je me représentai son mariage, la malédiction qui nous séparait... et je me dis : « Est-ce possible ? reviendrait-elle à moi ? » « M'avez-vous par-

51

donné ? » demandai-je avec larmes. Mais tout avait disparu. Je me trouvais dans un lieu désert, une âpre montée semée de roches, au milieu des forêts. Une maison, qu'il me semblait reconnaître, dominait ce pays désolé. J'allais et je revenais par des détours inextricables. Fatigué de marcher entre les pierres et les ronces, je cherchais parfois une route plus douce par les sentes du bois. « On m'attend là-bas ! » pensais-je. – Une certaine heure sonna... Je me dis : *Il est trop tard !* Des voix me répondirent : *Elle est perdue !* Une nuit profonde m'entourait, la maison lointaine brillait comme éclairée pour une fête et pleine d'hôtes arrivés à temps. « Elle est perdue ! m'écriai-je et pourquoi ?... Je comprends, – elle a fait un dernier effort pour me sauver ; – j'ai manqué le moment suprême où le pardon était possible encore. Du haut du ciel, elle pouvait prier pour moi l'Époux divin... Et qu'importe mon salut même ? L'abîme a reçu sa proie ! Elle est perdue pour moi et pour tous !... » Il me semblait la voir comme à la lueur d'un éclair, pâle et mourante, entraînée par de sombres cavaliers... Le cri de douleur et de rage que je poussai en ce moment me réveilla tout haletant.

– Mon Dieu, mon Dieu ! pour elle et pour elle seule, mon Dieu, pardonnez ! m'écriai-je en me jetant à genoux.

Il faisait jour. Par un mouvement dont il m'est difficile de rendre compte, je résolus aussitôt de détruire les deux papiers que j'avais retirés la veille du coffret : la lettre, hélas ! que je relus en la mouillant de larmes, et le papier funèbre qui portait le cachet du cimetière. « Retrouver sa tombe maintenant ? me disais-je, mais c'est hier qu'il fallait y retourner, – et mon rêve fatal n'est que le reflet de ma fatale journée ! »

III

La flamme a dévoré ces reliques d'amour et de mort, qui se renouaient aux fibres les plus douloureuses de mon cœur. Je suis allé promener mes peines et mes remords tardifs dans la campagne, cherchant dans la marche et dans la fatigue l'engourdissement de la pensée, la certitude peut-être pour la nuit suivante d'un sommeil moins funeste. Avec cette idée que je m'étais faite du rêve comme ouvrant à l'homme une communication avec le monde des esprits, j'espérais... j'espérais encore ! Peut-être Dieu se contenterait-il de ce sacrifice. – Ici je m'arrête ; il y a trop d'orgueil à prétendre que l'état d'esprit où j'étais fût causé seulement par un souvenir d'amour. Disons plutôt qu'involontairement j'en parais les remords plus graves d'une vie follement dissipée où le mal avait triomphé bien souvent, et dont je ne reconnaissais les fautes qu'en sentant les coups du malheur. Je ne me trouvais plus digne même de penser à celle que je tourmentais dans sa mort après l'avoir affligée dans sa vie, n'ayant dû un dernier regard de pardon qu'à sa douce et sainte pitié.

La nuit suivante, je ne pus dormir que peu d'instants. Une femme qui avait pris soin de ma jeunesse m'apparut dans le rêve et me fit reproche d'une faute très grave que j'avais commise autrefois. Je la reconnaissais, quoiqu'elle parût beaucoup plus vieille que dans les derniers temps où je l'avais vue. Cela même me faisait songer amèrement que j'avais négligé d'aller la visiter à ses derniers instants. Il me sembla qu'elle me disait : « Tu n'as pas pleuré tes vieux parents aussi vivement que tu as pleuré cette femme. Comment peux-tu donc espérer le pardon ? » Le rêve devint confus. Des figures de personnes que j'avais connues en divers temps passèrent rapidement devant mes yeux. Elles défilaient, s'éclairant, pâlissant et retombant dans la nuit comme les grains d'un chapelet dont le lien s'est brisé. Je vis ensuite se former vaguement des images plastiques de l'antiquité qui s'ébauchaient, se fixaient et semblaient représenter des symboles dont je ne saisissais que difficilement l'idée. Seulement, je crus que cela voulait dire : « Tout cela était fait pour t'enseigner le secret de la vie, et tu n'as pas compris. Les religions et les fables, les saints et les poètes s'accordaient à expliquer l'énigme fatale, et tu as mal interprété... Maintenant il est trop tard ! »

Je me levai plein de terreur, me disant : « C'est mon dernier jour ! » À dix ans d'intervalle, la même idée que j'ai tracée dans la première partie de ce récit me revenait plus positive encore et plus menaçante. Dieu m'avait laissé ce temps pour me repentir, et je n'en avais point profité. Après la visite du *convive de pierre*, je m'étais rassis au festin !

IV

Le sentiment qui résulta pour moi de ces visions et des réflexions qu'elles amenaient pendant mes heures de solitude était si triste, que je me sentais comme perdu. Toutes les actions de ma vie m'apparaissaient sous leur côté le plus défavorable, et dans l'espèce d'examen de conscience auquel je me livrais, la mémoire me représentait les faits les plus anciens avec une netteté singulière. Je ne sais quelle fausse honte m'empêcha de me présenter au confessionnal ; la crainte peut-être de m'engager dans les dogmes et dans les pratiques d'une religion redoutable, contre certains points de laquelle j'avais conservé des préjugés philosophiques. Mes premières années ont été trop imprégnées des idées issues de la Révolution, mon éducation a été trop libre, ma vie trop errante, pour que j'accepte facilement un joug qui sur bien des points offenserait encore ma raison. Je frémis en songeant quel chrétien je ferais si certains principes empruntés au libre examen des deux derniers siècles, si l'étude encore des diverses religions ne m'arrêtaient sur cette pente. – Je n'ai jamais connu ma mère qui avait voulu suivre mon père aux armées, comme les femmes des anciens Germains ; elle mourut de fièvre et de fatigue dans une froide contrée de l'Allemagne, et mon père lui-même ne put diriger là-dessus mes premières idées. Le pays où je fus élevé était plein de légendes étranges et de superstitions bizarres. Un de mes oncles qui eut la plus grande influence sur ma première éducation s'occupait, pour se distraire, d'antiquités romaines et celtiques. Il trouvait parfois, dans son champ ou aux environs, des images de dieux et d'empereurs que son admiration de savant me faisait vénérer, et dont ses livres m'apprenaient l'histoire. Un certain Mars en bronze doré, une Pallas ou Vénus armée, un Neptune et une Amphitrite sculptés au-dessus de la fontaine du hameau, et surtout la bonne grosse figure barbue d'un dieu Pan souriant à l'entrée d'une grotte, parmi les festons de l'aristoloche et du lierre, étaient les dieux domestiques et protecteurs de cette retraite. J'avoue qu'ils m'inspiraient alors plus de vénération que les pauvres images chrétiennes de l'église et les deux saints informes du portail, que certains savants prétendaient être l'Ésus et le Cernunnos des Gaulois. Embarrassé au milieu de ces divers symboles, je demandai un jour à mon oncle ce que c'était que Dieu. « Dieu, c'est le soleil », me dit-il. C'était la pensée intime d'un honnête homme qui avait vécu en chrétien toute sa vie, mais qui avait traversé la Révolution, et qui était d'une contrée où plusieurs avaient la même idée de la Divinité. Cela n'empêchait pas que les femmes et les enfants n'allassent à l'église, et je dus à une de mes tantes quelques instructions qui me firent comprendre les beautés et les grandeurs du christianisme. Après 1815, un Anglais qui se trouvait dans notre pays me fit apprendre le Sermon sur la montagne et me donna un Nouveau Testament... Je ne cite ces détails que pour indiquer les causes d'une certaine irrésolution qui s'est souvent unie chez moi à l'esprit religieux le plus prononcé.

Je veux expliquer comment, éloigné longtemps de la vraie route, je m'y suis senti ramené par le souvenir chéri d'une personne morte, et comment le besoin de croire qu'elle existait toujours a fait rentrer dans mon esprit le sentiment précis des diverses vérités que je n'avais pas assez fermement recueillies en mon âme. Le désespoir et le suicide sont le résultat de certaines situations fatales pour qui n'a pas foi dans l'immortalité, dans ses peines et dans ses joies ; – je croirai avoir fait quelque chose de bon et d'utile en énonçant naïvement la succession des idées par lesquelles j'ai retrouvé le repos et une force nouvelle à opposer aux malheurs futurs de la vie.

Les visions qui s'étaient succédé pendant mon sommeil m'avaient réduit à un tel désespoir, que je pouvais à peine parler ; la société de mes amis ne m'inspirait qu'une distraction vague ; mon esprit, entièrement occupé de ces illusions, se refusait à la moindre conception différente ; je ne pouvais lire et comprendre dix lignes de suite. Je me disais des plus belles choses : « Qu'importe ! cela n'existe pas pour moi. » Un de mes amis, nommé Georges, entreprit de vaincre ce découragement. Il m'emmenait dans diverses contrées des environs de Paris, et consentait à parler seul, tandis que je ne répondais qu'avec quelques phrases décousues. Sa figure expressive, et presque cénobitique, donna un jour un grand effet à des choses fort éloquentes qu'il trouva contre ces années de scepticisme et de découragement politique et social qui succédèrent à la révolution de Juillet. J'avais été l'un des jeunes de cette époque, et j'en avais goûté les ardeurs et les amertumes. Un mouvement se fit en moi ; je me dis que de telles leçons ne pouvaient être données sans une intention de la Providence, et qu'un esprit parlait sans doute en lui... Un jour, nous dînions sous une treille, dans un petit village des environs de Paris ; une femme vint chanter près de notre table, et je ne sais quoi, dans sa voix usée mais sympathique, me rappela celle d'Aurélia. Je la regardai : ses traits mêmes n'étaient pas sans ressemblance avec ceux que j'avais aimés. On la renvoya, et je n'osai la retenir, mais je me disais : « Qui sait si *son esprit* n'est pas dans cette femme ! » et je me sentis heureux de l'aumône que j'avais faite.

Je me dis : « J'ai bien mal usé de la vie, mais si les morts pardonnent, c'est sans doute à condition que l'on s'abstiendra à jamais du mal, et qu'on réparera tout celui qu'on a fait. Cela se peut-il ?... Dès ce moment, essayons de ne plus mal faire, et rendons l'équivalent de tout ce que nous pouvons devoir. » J'avais un tort récent envers une personne ; ce n'était qu'une négligence, mais je commençai par m'en aller excuser. La joie que je reçus de cette réparation me fit un bien extrême ; j'avais un motif de vivre et d'agir désormais, je reprenais intérêt au monde.

Des difficultés surgirent : des événements inexplicables pour moi semblèrent se réunir pour contrarier ma bonne résolution. La situation de mon esprit me rendait impossible l'exécution de travaux convenus. Me croyant bien portant désormais, on devenait plus exigeant, et comme j'avais renoncé au mensonge, je me trouvais pris en défaut par des gens qui ne craignaient pas d'en user. La masse des réparations à faire m'écrasait en raison de mon impuissance. Des événements politiques agissaient indirectement, tant pour m'affliger que pour m'ôter le moyen de mettre ordre à mes affaires. La mort d'un de mes amis vint compléter ces motifs de découragement. Je revis avec douleur son logis, ses tableaux, qu'il m'avait montrés avec joie un mois auparavant ; je passai près de son cercueil au moment où on l'y clouait. Comme il était de mon âge et de mon temps, je me dis : « Qu'arriverait-il, si je mourais ainsi tout à coup ? »

Le dimanche suivant, je me levai en proie à une douleur morne. J'allai visiter mon père, dont la servante était malade, et qui paraissait avoir de l'humeur. Il voulut aller seul chercher du bois à son grenier, et je ne pus lui rendre que le service de lui tendre une bûche dont il avait besoin. Je sortis consterné. Je rencontrai dans les rues un ami qui voulait m'emmener dîner chez lui pour me distraire un peu. Je refusai, et, sans avoir mangé, je me dirigeai vers Montmartre. Le cimetière était fermé, ce que je regardai comme un mauvais présage. Un poète allemand m'avait donné quelques pages à traduire et m'avait avancé une somme sur ce travail. Je pris le chemin de sa maison pour lui rendre l'argent.

En tournant la barrière de Clichy, je fus témoin d'une dispute. J'essayai de séparer les combattants, mais je n'y pus réussir. En ce moment, un ouvrier de grande taille passa sur la place même où le combat venait d'avoir lieu, portant sur l'épaule gauche un enfant vêtu d'une robe couleur d'hyacinthe. Je m'imaginai que c'était saint Christophe portant le Christ, et que j'étais condamné pour avoir manqué de force dans la scène qui venait de se passer. À dater de ce moment, j'errai en proie au désespoir dans les terrains vagues qui séparent le faubourg de la barrière. Il était trop tard pour faire la visite que j'avais projetée. Je revins donc à travers les rues vers le centre de Paris. Vers la rue de la Victoire, je rencontrai un prêtre, et, dans le désordre où j'étais, je voulus me confesser à lui. Il me dit qu'il n'était pas de la paroisse et qu'il allait en soirée chez quelqu'un ; que, si je voulais le consulter le lendemain à Notre-Dame, je n'avais qu'à demander l'abbé Dubois.

Désespéré, je me dirigeai en pleurant vers Notre-Dame de Lorette, où j'allai me jeter au pied de l'autel de la Vierge, demandant pardon pour mes fautes. Quelque chose en moi me disait : « La Vierge est morte et tes prières sont inutiles. » J'allai me mettre à genoux aux dernières places du chœur, et je fis glisser de mon doigt une bague d'argent dont le chaton portait gravés ces trois mots arabes : *Allah ! Mohamed ! Ali !* Aussitôt plusieurs bougies s'allumèrent dans le chœur, et l'on commença un office auquel je tentai de m'unir en esprit. Quand on en fut à l'*Ave Maria*, le prêtre s'interrompit au milieu de l'oraison et recommença sept fois sans que je pusse retrouver dans ma mémoire les paroles suivantes. On termina ensuite la prière, et le prêtre fit un discours qui me semblait faire allusion à moi seul. Quand tout fut éteint, je me levai et je sortis, me dirigeant vers les Champs-Élysées.

Arrivé sur la place de la Concorde, ma pensée était de me détruire. À plusieurs reprises, je me dirigeai vers la Seine, mais quelque chose m'empêchait d'accomplir mon dessein. Les étoiles brillaient dans le firmament. Tout à coup il me sembla qu'elles venaient de s'éteindre à la fois comme les bougies que j'avais vues à l'église. Je crus que les temps étaient accomplis, et que nous touchions à la fin du monde annoncée dans l'Apocalypse de saint Jean. Je croyais voir un soleil noir dans le ciel désert et un globe rouge de sang au-dessus des Tuileries. Je me dis : « La nuit éternelle commence, et elle va être terrible. Que va-t-il arriver quand les hommes s'apercevront qu'il n'y a plus de soleil ? » Je revins par la rue Saint-Honoré, et je plaignais les paysans attardés que je rencontrais. Arrivé vers le Louvre, je marchai jusqu'à la place, et là un spectacle étrange m'attendait. À travers des nuages rapidement chassés par le vent, je vis plusieurs lunes qui passaient avec une grande rapidité. Je pensai que la terre était sortie de son orbite et qu'elle errait dans le firmament comme un vaisseau démâté, se rapprochant ou s'éloignant des étoiles qui grandissaient ou diminuaient tour à tour. Pendant deux ou trois heures, je contemplai ce désordre et je finis par me diriger du côté des halles. Les paysans apportaient leurs denrées et je me disais : « Quel sera leur étonnement en voyant que la nuit se prolonge... » Cependant, les chiens aboyaient çà et là et les coqs chantaient.

Brisé de fatigue, je rentrai chez moi et je me jetai sur mon lit. En m'éveillant, je fus étonné de revoir la lumière. Une sorte de chœur mystérieux arriva à mon oreille ; des voix enfantines répétaient en chœur : *Christe ! Christe ! Christe !...* Je pensai que l'on avait réuni dans l'église voisine (Notre-Dame-des-Victoires) un grand nombre d'enfants pour invoquer le Christ. « Mais le Christ n'est plus ! me disais-je ; ils ne le savent pas encore ! » L'invocation dura environ une heure. Je me levai enfin et j'allai sous les galeries du Palais-Royal. Je me dis que probablement le soleil avait encore conservé assez de lumière pour éclairer la terre pendant trois jours, mais qu'il usait de sa propre substance, et, en effet, je le trouvais froid et décoloré. J'apaisai ma faim avec un petit gâteau pour me donner la force d'aller jusqu'à la maison du poète allemand. En entrant, je lui dis que tout était fini et qu'il fallait nous préparer à mourir. Il appela sa femme qui me dit : « Qu'avez-vous ? – Je ne sais, lui dis-je, je suis perdu. » Elle envoya chercher un fiacre, et une jeune fille me conduisit à la maison Dubois.

V

Là, mon mal reprit avec diverses alternatives. Au bout d'un mois j'étais rétabli. Pendant les deux mois qui suivirent, je repris mes pérégrinations autour de Paris. Le plus long voyage que j'aie fait a été pour visiter la cathédrale de Reims. Peu à peu, je me remis à écrire et je composai une de mes meilleures nouvelles. Toutefois, je l'écrivis péniblement, presque toujours au crayon, sur des feuilles détachées, suivant le hasard de ma rêverie ou de ma promenade. Les corrections m'agitèrent beaucoup. Peu de jours après l'avoir publiée, je me sentis pris d'une insomnie persistante. J'allais me promener toute la nuit sur la colline de Montmartre et y voir le lever du soleil. Je causais longuement avec les paysans et les ouvriers. Dans d'autres moments, je me dirigeais vers les halles. Une nuit, j'allai souper dans un café du boulevard et je m'amusai à jeter en l'air des pièces d'or et d'argent. J'allai ensuite à la halle et je me disputai avec un inconnu, à qui je donnai un rude soufflet ; je ne sais comment cela n'eut aucune suite. À une certaine heure, entendant sonner l'horloge de Saint-Eustache, je me pris à penser aux luttes des Bourguignons et des Armagnacs, et je croyais voir s'élever autour de moi les fantômes des combattants de cette époque. Je me pris de querelle avec un facteur qui portait sur sa poitrine une plaque d'argent, et que je disais être le duc Jean de Bourgogne. Je voulais l'empêcher d'entrer dans un cabaret. Par une singularité que je ne m'explique pas, voyant que je le menaçais de mort, son visage se couvrit de larmes. Je me sentis attendri, et je le laissai passer.

Je me dirigeai vers les Tuileries, qui étaient fermées, et suivis la ligne des quais ; je montai ensuite au Luxembourg, puis je revins déjeuner avec un de mes amis. Ensuite j'allai vers Saint-Eustache, où je m'age-nouillai pieusement à l'autel de la Vierge en pensant à ma mère. Les pleurs que je versai détendirent mon âme, et, en sortant de l'église, j'achetai un anneau d'argent. De là, j'allai rendre visite à mon père, chez lequel je laissai un bouquet de marguerites, car il était absent. J'allai de là au Jardin des Plantes. Il y avait beaucoup de monde, et je restai quelque temps à regarder l'hippopotame qui se baignait dans un bassin. – J'allai ensuite visiter les galeries d'ostéologie. La vue des monstres qu'elles renferment me fit penser au déluge, et, lorsque je sortis, une averse épouvantable tombait dans le jardin. Je me dis : « Quel malheur ! Toutes ces femmes, tous ces enfants, vont se trouver mouillés !... » Puis, je me dis : « Mais c'est plus encore ! c'est le véritable déluge qui commence. » L'eau s'éle-vait dans les rues voisines ; je descendis en courant la rue Saint-Victor, et, dans l'idée d'arrêter ce que je croyais l'inondation universelle, je jetai à l'endroit le plus profond l'anneau que j'avais acheté à Saint-Eus-tache. Vers le même moment l'orage s'apaisa, et un rayon de soleil commença à briller.

L'espoir rentra dans mon âme. J'avais rendez-vous à quatre heures chez mon ami Georges ; je me dirigeai vers sa demeure. En passant devant un marchand de curiosités, j'achetai deux écrans de velours, couverts de figures hiéroglyphiques. Il me sembla que c'était la consécration du pardon des cieux. J'arrivai chez Georges à l'heure précise et je lui confiai mon espoir. J'étais mouillé et fatigué. Je changeai de vêtements et me couchai sur son lit. Pendant mon sommeil, j'eus une vision merveilleuse. Il me semblait que la déesse m'apparaissait, me disant : « Je suis la même que Marie, la même que ta mère, la même aussi que sous toutes les formes tu as toujours aimée. À chacune de tes épreuves, j'ai quitté l'un des masques dont je voile mes traits, et bientôt tu me verras telle que je suis. »

Un verger délicieux sortait des nuages derrière elle, une lumière douce et pénétrante éclairait ce paradis, et cependant je n'entendais que sa voix, mais je me sentais plongé dans une ivresse charmante. – Je m'éveillai peu de temps après et je dis à Georges : « Sortons. » Pendant que nous traversions le pont des Arts, je lui expliquai les migrations des âmes, et je lui disais : « Il me semble que ce soir j'ai en moi l'âme de Napoléon qui m'inspire et me commande de grandes choses. » Dans la rue du Coq j'achetai un chapeau, et, pendant que Georges recevait la monnaie de la pièce d'or que j'avais jetée sur le comptoir, je continuai ma route et j'arrivai aux galeries du Palais-Royal.

Là, il me sembla que tout le monde me regardait. Une idée persistante s'était logée dans mon esprit, c'est qu'il n'y avait plus de morts ; je parcourais la galerie de Foy en disant : « J'ai fait une faute », et je ne pouvais découvrir laquelle en consultant ma mémoire que je croyais être celle de Napoléon... « Il y a quelque chose que je n'ai point payé par ici ! » J'entrai au café de Foy dans cette idée, et je crus reconnaître dans un des habitués le père Bertin des *Débats*. Ensuite je traversai le jardin et je pris quelque intérêt à voir les rondes des petites filles. De là, je sortis des galeries et je me dirigeai vers la rue Saint-Honoré. J'entrai dans une boutique pour acheter un cigare, et, quand je sortis, la foule était si compacte que je faillis être étouffé. Trois de mes amis me dégagèrent en répondant de moi et me firent entrer dans un café pendant que l'un d'eux allait chercher un fiacre. On me conduisit à l'hospice de la Charité.

Pendant la nuit, le délire s'augmenta, surtout le matin, lorsque je m'aperçus que j'étais attaché. Je parvins à me débarrasser de la camisole de force, et, vers le matin, je me promenai dans les salles. L'idée que j'étais devenu semblable à un dieu et que j'avais le pouvoir de guérir me fit imposer les mains à quelques malades, et, m'approchant d'une statue de la Vierge, j'enlevai la couronne de fleurs artificielles pour appuyer le pouvoir que je me croyais. Je marchai à grands pas, parlant avec animation de l'ignorance des hommes qui croyaient pouvoir guérir avec la science seule, et, voyant sur la table un flacon d'éther, je l'avalai d'une gorgée. Un interne, d'une figure que je comparais à celle des anges, voulut m'arrêter, mais la force nerveuse me soutenait, et, prêt à le renverser, je m'arrêtai, lui disant qu'il ne comprenait pas quelle était ma mission. Des médecins vinrent alors, et je continuai mes discours sur l'impuissance de leur art. Puis je descendis l'escalier, bien que n'ayant point de chaussure. Arrivé devant un parterre, j'y entrai et je cueillis des fleurs en me promenant sur le gazon.

Un de mes amis était revenu pour me chercher. Je sortis alors du parterre, et, pendant que je lui parlais, on me jeta sur les épaules une camisole de force, puis on me fit monter dans un fiacre et je fus conduit à une maison de santé située hors de Paris. Je compris, en me voyant parmi les aliénés, que tout n'avait été pour moi qu'illusions jusque-là. Toutefois les promesses que j'attribuais à la déesse Isis me semblaient se réaliser par une série d'épreuves que j'étais destiné à subir. Je les acceptai donc avec résignation.

La partie de la maison où je me trouvais donnait sur un vaste promenoir ombragé de noyers. Dans un angle se trouvait une petite hutte où l'un des prisonniers se promenait en cercle tout le jour. D'autres se bornaient, comme moi, à parcourir le terre-plein ou la terrasse, bordée d'un talus de gazon. Sur un mur, situé au couchant, étaient tracées des figures dont l'une représentait la forme de la lune avec des yeux et une bouche tracés géométriquement ; sur cette figure on avait peint une sorte de masque ; le mur de gauche présentait divers dessins de profil dont l'un figurait une sorte d'idole japonaise. Plus loin, une tête de mort était creusée dans le plâtre ; sur la face opposée, deux pierres de taille avaient été sculptées par quelqu'un des hôtes du jardin et représentaient de petits mascarons assez bien rendus. Deux portes donnaient sur des caves, et je m'imaginai que c'étaient des voies souterraines pareilles à celles que j'avais vues à l'entrée des Pyramides.

VI

Je m'imaginai d'abord que les personnes réunies dans ce jardin avaient toutes quelque influence sur les astres et que celui qui tournait sans cesse dans le même cercle y réglait la marche du soleil. Un vieillard, que l'on amenait à certaines heures du jour et qui faisait des nœuds en consultant sa montre, m'apparaissait comme chargé de constater la marche des heures. Je m'attribuai à moi-même une influence sur la marche de la lune, et je crus que cet astre avait reçu un coup de foudre du Tout-Puissant qui avait tracé sur sa face l'empreinte du masque que j'avais remarquée.

J'attribuais un sens mystique aux conversations des gardiens et à celles de mes compagnons. Il me semblait qu'ils étaient les représentants de toutes les races de la terre et qu'il s'agissait entre nous de fixer à nouveau la marche des astres et de donner un développement plus grand au système. Une erreur s'était glissée, selon moi, dans la combinaison générale des nombres, et de là venaient tous les maux de l'humanité. Je croyais encore que les esprits célestes avaient pris des formes humaines et assistaient à ce congrès général, tout en paraissant occupés de soins vulgaires. Mon rôle me semblait être de rétablir l'harmonie universelle par l'art cabalistique et de chercher une solution en évoquant les forces occultes des diverses religions.

Outre le promenoir, nous avions encore une salle dont les vitres rayées perpendiculairement donnaient sur un horizon de verdure. En regardant derrière ces vitres la ligne des bâtiments extérieurs, je voyais se découper la façade et les fenêtres en mille pavillons ornés d'arabesques, et surmontés de découpures et d'aiguilles, qui me rappelaient les kiosques impériaux bordant le Bosphore. Cela conduisit naturellement ma pensée aux préoccupations orientales. Vers deux heures, on me mit au bain, et je me crus servi par les Walkyries, filles d'Odin, qui voulaient m'élever à l'immortalité en dépouillant peu à peu mon corps de ce qu'il avait d'impur.

Je me promenai le soir plein de sérénité aux rayons de la lune, et, en levant les yeux vers les arbres, il me semblait que les feuilles se roulaient capricieusement de manière à former des images de cavaliers et de dames, portés par des chevaux caparaçonnés. C'étaient pour moi les figures triomphantes des aïeux. Cette pensée me conduisit à celle qu'il y avait une vaste conspiration de tous les êtres animés pour rétablir le monde dans son harmonie première, et que les communications avaient lieu par le magnétisme des astres, qu'une chaîne non interrompue liait autour de la terre les intelligences dévouées à cette communication générale, et que les chants, les danses, les regards, aimantés de proche en proche, traduisaient la même aspiration. La lune était pour moi le refuge des âmes fraternelles qui, délivrées de leurs corps mortels, travaillaient plus librement à la régénération de l'univers.

Pour moi déjà, le temps de chaque journée semblait augmenté de deux heures ; de sorte qu'en me levant aux heures fixées par les horloges de la maison, je ne faisais que me promener dans l'empire des ombres. Les compagnons qui m'entouraient me semblaient endormis et pareils aux spectres du Tartare jusqu'à l'heure où pour moi se levait le soleil. Alors je saluais cet astre par une prière, et ma vie réelle commençait.

Du moment que je me fus assuré de ce point que j'étais soumis aux épreuves de l'initiation sacrée, une force invincible entra dans mon esprit. Je me jugeais un héros vivant sous le regard des dieux ; tout dans la nature prenait des aspects nouveaux, et des voix secrètes sortaient de la plante, de l'arbre, des animaux, des plus humbles insectes, pour m'avertir et m'encourager. Le langage de mes compagnons avait des tours mystérieux dont je comprenais le sens, les objets sans forme et sans vie se prêtaient eux-mêmes aux calculs de mon esprit ; – des combinaisons de cailloux, des figures d'angles, de fentes ou d'ouvertures, des découpures de feuilles, des couleurs, des odeurs et des sons, je voyais ressortir des harmonies jusqu'alors inconnues. « Comment, me disais-je, ai-je pu exister si longtemps hors de la nature et sans m'identifier à elle ? Tout vit, tout agit, tout se correspond ; les rayons magnétiques émanés de moi-même ou des autres traversent sans obstacle la chaîne infinie des choses créées ; c'est un réseau transparent qui couvre le monde, et dont les fils déliés se communiquent de proche en proche aux planètes et aux étoiles. Captif en ce moment sur la terre, je m'entretiens avec le chœur des astres, qui prend part à mes joies et à mes douleurs ! »

Aussitôt je frémis en songeant que ce mystère même pouvait être surpris. « Si l'électricité, me dis-je, qui est le magnétisme des corps physiques, peut subir une direction qui lui impose des lois, à plus forte raison des esprits hostiles et tyranniques peuvent asservir les intelligences et se servir de leurs forces divisées dans un but de domination. C'est ainsi que les dieux antiques ont été vaincus et asservis par des dieux nouveaux ; c'est ainsi, me dis-je encore, en consultant mes souvenirs du monde ancien, que les nécromants dominaient des peuples entiers, dont les générations se succédaient captives sous leur sceptre éternel. Ô malheur ! la Mort elle-même ne peut les affranchir ! car nous revivons dans nos fils comme nous avons vécu dans nos pères, – et la science impitoyable de nos ennemis sait nous reconnaître partout. L'heure de notre naissance, le point de la terre où nous paraissons, le premier geste, le nom, la chambre, et toutes ces consécrations, et tous ces rites qu'on nous impose, tout cela établit une série heureuse ou fatale d'où l'avenir dépend tout entier. Mais si déjà cela est terrible selon les seuls calculs humains, comprenez ce que cela doit être en se rattachant aux formules mystérieuses qui établissent l'ordre des mondes. On l'a dit justement : rien n'est indifférent, rien n'est impuissant dans l'univers ; un atome peut tout dissoudre, un atome peut tout sauver !

Ô terreur ! voilà l'éternelle distinction du bon et du mauvais. Mon âme est-elle la molécule indestructible, le globule qu'un peu d'air gonfle, mais qui retrouve sa place dans la nature, ou ce vide même, image du néant qui disparaît dans l'immensité ? Serait-elle encore la parcelle fatale destinée à subir, sous toutes ses transformations, les vengeances des êtres puissants ? » Je me vis amené à me demander compte de ma vie, et même de mes existences antérieures. En me prouvant que j'étais bon, je me prouvai que j'avais dû toujours l'être. « Et si j'ai été mauvais, me dis-je, ma vie actuelle ne sera-t-elle pas une suffisante expiation ? » Cette pensée me rassura, mais ne m'ôta pas la crainte d'être à jamais classé parmi les malheureux. Je me sentais plongé dans une eau froide, et une eau plus froide encore ruisselait sur mon front. Je reportai ma pensée à l'éternelle Isis, la mère et l'épouse sacrée ; toutes mes aspirations, toutes mes prières se confondaient dans ce nom magique, je me sentais revivre en elle, et parfois elle m'apparaissait sous la figure de la Vénus antique, parfois aussi sous les traits de la Vierge des chrétiens. La nuit me ramena plus distinctement cette apparition chérie, et pourtant je me disais : « Que peut-elle, vaincue, opprimée peut-être, pour ses pauvres enfants ? » Pâle et déchiré, le croissant de la lune s'amincissait tous les soirs et allait bientôt disparaître ; peut-être ne devions-nous plus le revoir au ciel ! Cependant il me semblait que cet astre était le refuge de toutes les âmes sœurs de la mienne, et je le voyais peuplé d'ombres plaintives destinées à renaître un jour sur la terre...

Ma chambre est à l'extrémité d'un corridor habité d'un côté par les fous, et de l'autre par les domestiques de la maison. Elle a seule le privilège d'une fenêtre, percée du côté de la cour, plantée d'arbres, qui sert de promenoir pendant la journée. Mes regards s'arrêtent avec plaisir sur un noyer touffu et sur deux mûriers de la Chine. Au-dessus, l'on aperçoit vaguement une rue assez fréquentée, à travers des treillages peints en vert. Au couchant, l'horizon s'élargit ; c'est comme un hameau aux fenêtres revêtues de verdure ou embarrassées de cages, de loques qui sèchent, et d'où l'on voit sortir par instant quelque profil de jeune ou vieille ménagère, quelque tête rose d'enfant. On crie, on chante, on rit aux éclats, c'est gai ou triste à entendre, selon les heures et selon les impressions.

J'ai trouvé là tous les débris de mes diverses fortunes, les restes confus de plusieurs mobiliers dispersés ou revendus depuis vingt ans. C'est un capharnaüm comme celui du docteur Faust. Une table antique à trépied aux têtes d'aigle, une console soutenue par un sphinx ailé, une commode du dix-septième siècle, une bibliothèque du dix-huitième, un lit du même temps, dont le baldaquin, à ciel ovale, est revêtu de lampas rouge (mais on n'a pu dresser ce dernier), une étagère rustique chargée de faïences et de porcelaines de

Sèvres, assez endommagées la plupart ; un narguilé rapporté de Constantinople, une grande coupe d'albâtre, un vase de cristal ; des panneaux de boiseries provenant de la démolition d'une vieille maison que j'avais habitée sur l'emplacement du Louvre, et couverts de peintures mythologiques exécutées par des amis aujourd'hui célèbres ; deux grandes toiles dans le goût de Prud'hon, représentant la Muse de l'histoire et celle de la comédie. Je me suis plu pendant quelques jours à ranger tout cela, à créer dans la mansarde étroite un ensemble bizarre qui tient du palais et de la chaumière, et qui résume assez bien mon existence errante. J'ai suspendu au-dessus de mon lit mes vêtements arabes, mes deux cachemires industrieusement reprisés, une gourde de pèlerin, un carnier de chasse. Au-dessus de la bibliothèque s'étale un vaste plan du Caire ; une console de bambou, dressée à mon chevet, supporte un plateau de l'Inde vernissé où je puis disposer mes ustensiles de toilette. J'ai retrouvé avec joie ces humbles restes de mes années alternatives de fortune et de misère, où se rattachaient tous les souvenirs de ma vie. On avait seulement mis à part un petit tableau sur cuivre, dans le goût du Corrège, représentant *Vénus et l'Amour*, des trumeaux de chasseresses et de satyres, et une flèche que j'avais conservée en mémoire des compagnies de l'arc du Valois, dont j'avais fait partie dans ma jeunesse ; les armes étaient vendues depuis les lois nouvelles. En somme, je retrouvais là à peu près tout ce que j'avais possédé en dernier lieu. Mes livres, amas bizarre de la science de tous les temps, histoire, voyages, religions, cabale, astrologie, à réjouir les ombres de Pic de la Mirandole, du sage Meursius et de Nicolas de Cusa, – la tour de Babel en deux cents volumes, – on m'avait laissé tout cela ! Il y avait de quoi rendre fou un sage ; tâchons qu'il y ait aussi de quoi rendre sage un fou.

Avec quelles délices j'ai pu classer dans mes tiroirs l'amas de mes notes et de mes correspondances intimes ou publiques, obscures ou illustres, comme les a faites le hasard des rencontres ou des pays lointains que j'ai parcourus. Dans des rouleaux mieux enveloppés que les autres, je retrouve des lettres arabes, des reliques du Caire et de Stamboul. Ô bonheur ! ô tristesse mortelle ! ces caractères jaunis, ces brouillons effacés, ces lettres à demi froissées, c'est le trésor de mon seul amour... Relisons... Bien des lettres manquent, bien d'autres sont déchirées ou raturées ; voici ce que je retrouve :

. . . .

Une nuit, je parlais et chantais dans une sorte d'extase. Un des servants de la maison vint me chercher dans ma cellule et me fit descendre à une chambre du rez-de-chaussée, où il m'enferma. Je continuais mon rêve, et quoique debout, je me croyais enfermé dans une sorte de kiosque oriental. J'en sondai tous les angles et je vis qu'il était octogone. Un divan régnait autour des murs, et il me semblait que ces derniers étaient formés d'une glace épaisse, au delà de laquelle je voyais briller des trésors, des châles et des tapisseries. Un paysage éclairé par la lune m'apparaissait au travers des treillages de la porte, et il me semblait reconnaître la figure des troncs d'arbres et des rochers. J'avais déjà séjourné là dans quelque autre existence, et je croyais reconnaître les profondes grottes d'Ellorah. Peu à peu un jour bleuâtre pénétra dans le kiosque et y fit apparaître des images bizarres. Je crus alors me trouver au milieu d'un vaste charnier où l'histoire universelle était écrite en traits de sang. Le corps d'une femme gigantesque était peint en face de moi, seulement ses diverses parties étaient tranchées comme par le sabre ; d'autres femmes de races diverses et dont les corps dominaient de plus en plus, présentaient sur les autres murs un fouillis sanglant

71

de membres et de têtes, depuis les impératrices et les reines jusqu'aux plus humbles paysannes. C'était l'histoire de tous les crimes, et il suffisait de fixer les yeux sur tel ou tel point pour voir s'y dessiner une représentation tragique. « Voilà, me disais-je, ce qu'a produit la puissance déférée aux hommes. Ils ont peu à peu détruit et tranché en mille morceaux le type éternel de la beauté, si bien que les races perdent de plus en plus en force et perfection... » Et je voyais, en effet, sur une ligne d'ombre qui se faufilait par un des jours de la porte, la génération descendante des races de l'avenir.

Je fus enfin arraché à cette sombre contemplation. La figure bonne et compatissante de mon excellent médecin me rendit au monde des vivants. Il me fit assister à un spectacle qui m'intéressa vivement. Parmi les malades, se trouvait un jeune homme, ancien soldat d'Afrique, qui depuis six semaines se refusait à prendre de la nourriture. Au moyen d'un long tuyau de caoutchouc introduit dans son estomac, on lui faisait avaler des substances liquides et nutritives. Du reste, il ne pouvait ni voir ni parler et rien n'indiquait qu'il pût entendre.

Ce spectacle m'impressionna vivement. Abandonné jusque-là au cercle monotone de mes sensations ou de mes souffrances morales, je rencontrais un être indéfinissable, taciturne et patient, assis comme un sphinx aux portes suprêmes de l'existence. Je me pris à l'aimer à cause de son malheur et de son abandon, et je me sentis relevé par cette sympathie et par cette pitié. Il me semblait, placé ainsi entre la mort et la vie, comme un interprète sublime, comme un confesseur prédestiné à entendre ces secrets de l'âme que la parole n'oserait transmettre ou ne réussirait pas à rendre. C'était l'oreille de Dieu sans le mélange de la pensée d'un autre. Je passais des heures entières à m'examiner mentalement, la tête penchée sur la sienne et lui tenant les mains. Il me semblait qu'un certain magnétisme réunissait nos deux esprits, et je me sentis ravi quand la première fois une parole sortit de sa bouche. On n'en voulait rien croire, et j'attribuais à mon ardente volonté ce commencement de guérison. Cette nuit-là j'eus un rêve délicieux, le premier depuis bien longtemps. J'étais dans une tour, si profonde du côté de la terre et si haute du côté du ciel que toute mon existence semblait devoir se consumer à monter et à descendre. Déjà mes forces s'étaient épuisées, et j'allais manquer de courage, quand une porte latérale vint à s'ouvrir ; un esprit se présente et me dit : « Viens, frère !... » Je ne sais pourquoi il me vint à l'idée qu'il s'appelait Saturnin. Il avait les traits du pauvre malade, mais transfigurés et intelligents. Nous étions dans une campagne éclairée des feux des étoiles ; nous nous arrêtâmes à contempler ce spectacle, et l'esprit étendit sa main sur mon front comme je l'avais fait la veille en cherchant à magnétiser mon compagnon ; aussitôt une des étoiles que je voyais au ciel se mit à grandir et la divinité de mes rêves m'apparut souriante, dans un costume presque indien, telle que je l'avais vue autrefois. Elle marcha entre nous deux, et les prés verdissaient, les fleurs et les feuillages s'élevaient de terre sur la trace de ses pas... Elle me dit : « L'épreuve à laquelle tu étais soumis est venue à son terme ; ces escaliers sans nombre, que tu te fatiguais à descendre ou à gravir, étaient les liens mêmes des anciennes illusions qui embarrassaient ta pensée, et maintenant rappelle-toi le jour où tu as imploré la Vierge sainte et où, la croyant morte, le délire s'est emparé de ton esprit. Il fallait que ton vœu lui fût porté par une âme simple et dégagée des liens de la terre. Celle-là s'est rencontrée près de toi, et c'est pourquoi il m'est permis à moi-même de venir et de t'encourager. » La joie que ce rêve répandit dans mon esprit me procura un réveil délicieux. Le jour commençait à poindre. Je voulus avoir un signe matériel de l'apparition qui m'avait consolé, et j'écrivis sur le mur ces mots : « Tu m'as visité cette nuit. »

. . . .

J'inscris ici, sous le titre de *Mémorables*, les impressions de plusieurs rêves qui suivirent celui que je viens de rapporter.

MÉMORABLES

. . . .

Sur un pic élancé de l'Auvergne a retenti la chanson des pâtres. *Pauvre Marie !* reine des cieux ! c'est à toi qu'ils s'adressent pieusement. Cette mélodie rustique a frappé l'oreille des corybantes. Ils sortent, en chantant à leur tour, des grottes secrètes où l'Amour leur fit des abris. – Hosannah ! paix à la terre et gloire aux cieux !

Sur les montagnes de l'Himalaya une petite fleur est née. – Ne m'oubliez pas ! – Le regard chatoyant d'une étoile s'est fixé un instant sur elle, et une réponse s'est fait entendre dans un doux langage étranger. – *Myosotis !*

Une perle d'argent brillait dans le sable ; une perle d'or étincelait au ciel... Le monde était créé. Chastes amours, divins soupirs ! enflammez la sainte montagne... car vous avez des frères dans les vallées et des sœurs timides qui se dérobent au sein des bois !

Bosquets embaumés de Paphos, vous ne valez pas ces retraites où l'on respire à pleins poumons l'air vivifiant de la Patrie. – « Là-haut, sur les montagnes, – le monde y vit content ; – le rossignol sauvage – fait mon contentement ! »

Oh ! que ma grande amie est belle ! Elle est si grande, qu'elle pardonne au monde, et si bonne, qu'elle m'a pardonné. L'autre nuit, elle était couchée je ne sais dans quel palais, et je ne pouvais la rejoindre. Mon cheval alezan-brûlé se dérobait sous moi. Les rênes brisées flottaient sur sa croupe en sueur, et il me fallut de grands efforts pour l'empêcher de se coucher à terre.

Cette nuit, le bon Saturnin m'est venu en aide, et ma grande amie a pris place à mes côtés, sur sa cavale blanche caparaçonnée d'argent. Elle m'a dit : « Courage, frère ! car c'est la dernière étape. » Et ses grands yeux dévoraient l'espace, et elle faisait voler dans l'air sa longue chevelure imprégnée des parfums de l'Yémen.

Je reconnus les traits divins de ***. Nous volions au triomphe, et nos ennemis étaient à nos pieds. La huppe messagère nous guidait au plus haut des cieux, et l'arc de lumière éclatait dans les mains divines d'Apollyon. Le cor enchanté d'Adonis résonnait à travers les bois.

« Ô Mort, où est ta victoire », puisque le Messie vainqueur chevauchait entre nous deux ? Sa robe était d'hyacinthe soufrée, et ses poignets, ainsi que les chevilles de ses pieds, étincelaient de diamants et de rubis. Quand sa houssine légère toucha la porte de nacre de la Jérusalem nouvelle, nous fûmes tous les trois inondés de lumière. C'est alors que je suis descendu parmi les hommes pour leur annoncer l'heureuse nouvelle.

Je sors d'un rêve bien doux : j'ai revu celle que j'avais aimée transfigurée et radieuse. Le ciel s'est ouvert dans toute sa gloire, et j'y ai lu le mot *pardon* signé du sang de Jésus-Christ.

Une étoile a brillé tout à coup et m'a révélé le secret du monde et des mondes. Hosannah ! paix à la terre et gloire aux cieux !

Du sein des ténèbres muettes deux notes ont résonné, l'une grave, l'autre aiguë, – et l'orbe éternel s'est mis à tourner aussitôt. Sois bénie, ô première octave qui commenças l'hymne divin ! Du dimanche au dimanche enlace tous les jours dans ton réseau magique. Les monts le chantent aux vallées, les sources aux rivières, les rivières aux fleuves, et les fleuves à l'Océan ; l'air vibre, et la lumière brise harmonieusement les fleurs naissantes. Un soupir, un frisson d'amour sort du sein gonflé de la terre, et le chœur des astres se déroule dans l'infini ; il s'écarte et revient sur lui-même, se resserre et s'épanouit, et sème au loin les germes des créations nouvelles.

Sur la cime d'un mont bleuâtre une petite fleur est née. – Ne m'oubliez pas ! – Le regard chatoyant d'une étoile s'est fixé un instant sur elle, et une réponse s'est fait entendre dans un doux langage étranger. – *Myosotis* !

Malheur à toi, dieu du Nord, – qui brisas d'un coup de marteau la sainte table composée des sept métaux les plus précieux ! car tu n'as pu briser la *Perle rose* qui reposait au centre. Elle a rebondi sous le fer, – et voici que nous nous sommes armés pour elle... Hosannah !

Le *macrocosme*, ou grand monde, a été construit par art cabalistique ; le *microcosme*, ou petit monde, est son image réfléchie dans tous les cœurs. La Perle rose a été teinte du sang royal des Walkyries. Malheur à toi, dieu-forgeron, qui as voulu briser un monde !

Cependant, le pardon du Christ a été aussi prononcé pour toi !

Sois donc béni toi-même, ô Thor, le géant, – le plus puissant des fils d'Odin ! Sois béni dans Héla, ta mère, car souvent le trépas est doux, – et dans ton frère Loki, et dans ton chien Garnur !

Le serpent qui entoure le Monde est béni lui-même car il relâche ses anneaux, et sa gueule béante aspire la fleur d'anxoka, la fleur soufrée, – la fleur éclatante du soleil !

Que Dieu préserve le divin Balder, le fils d'Odin, et Freya la belle !

. . . .

Je me trouvais *en esprit* à Saardam, que j'ai visitée l'année dernière. La neige couvrait la terre. Une toute petite fille marchait en glissant sur la terre durcie et se dirigeait, je crois, vers la maison de Pierre le Grand. Son profil majestueux avait quelque chose de bourbonien. Son cou, d'une éclatante blancheur, sortait à demi d'une palatine de plumes de cygne. De sa petite main rose, elle préservait du vent une lampe allumée et allait frapper à la porte verte de la maison, lorsqu'une chatte maigre qui en sortait s'embarrassa dans ses jambes et la fit tomber. « Tiens ! ce n'est qu'un chat ! » dit la petite fille en se relevant. « Un chat, c'est quelque chose ! » répondit une voix douce. J'étais présent à cette scène, et je portais sur mon bras un petit chat gris qui se mit à miauler. « C'est l'enfant de cette vieille fée ! » dit la petite fille.

Et elle entra dans la maison.

Cette nuit mon rêve s'est transporté d'abord à Vienne. – On sait que sur chacune des places de cette ville sont élevées de grandes colonnes qu'on appelle *pardons*. Des nuages de marbre s'accumulent en figurant l'ordre salomonique et supportent des globes où président assises des divinités. Tout à coup, ô merveille ! je me mis à songer à cette auguste sœur de l'empereur de Russie dont j'ai vu le palais impérial à Weimar. Une mélancolie pleine de douceur me fit voir les brumes colorées d'un paysage de Norwège éclairé d'un jour gris et doux. Les nuages devinrent transparents, et je vis se creuser devant moi un abîme profond où s'engouffraient tumultueusement les flots de la Baltique glacée. Il semblait que le fleuve entier de la Néwa, aux eaux bleues, dût s'engloutir dans cette fissure du globe. Les vaisseaux de Cronstadt et de Saint-Pétersbourg s'agitaient sur leurs ancres, prêts à se détacher et à disparaître dans le gouffre, quand une lumière divine éclaira d'en haut cette scène de désolation.

Sous le vif rayon qui perçait la brume, je vis apparaître aussitôt le rocher qui supporte la statue de Pierre le Grand. Au-dessus de ce solide piédestal vinrent se grouper des nuages qui s'élevaient jusqu'au zénith. Ils étaient chargés de figures radieuses et divines, parmi lesquelles on distinguait les deux Catherine et l'impératrice sainte Hélène, accompagnées des plus belles princesses de Moscovie et de Pologne. Leurs doux regards, dirigés vers la France, rapprochaient l'espace au moyen de longs télescopes de cristal. Je vis par là que notre patrie devenait l'arbitre de la querelle orientale, et qu'elles en attendaient la solution. Mon rêve se termina par le doux espoir que la paix nous serait enfin donnée.

C'est ainsi que je m'encourageais à une audacieuse tentative. Je résolus de fixer le rêve et d'en connaître le secret. « Pourquoi, me dis-je, ne point enfin forcer ces portes mystiques, armé de toute ma volonté, et dominer mes sensations au lieu de les subir ? N'est-il pas possible de dompter cette chimère attrayante et redoutable, d'imposer une règle à ces esprits des nuits qui se jouent de notre raison ? Le sommeil occupe le tiers de notre vie. Il est la consolation des peines de nos journées ou la peine de leurs plaisirs ; mais je n'ai jamais éprouvé que le sommeil fût un repos. Après un engourdissement de quelques minutes une vie nouvelle commence, affranchie des conditions du temps et de l'espace, et pareille sans doute à celle qui nous attend après la mort. Qui sait s'il n'existe pas un lien entre ces deux existences et s'il n'est pas possible à l'âme de le nouer dès à présent ? »

De ce moment, je m'appliquai à chercher le sens de mes rêves, et cette inquiétude influa sur mes réflexions de l'état de veille. Je crus comprendre qu'il existait entre le monde externe et le monde interne un lien ; que l'inattention ou le désordre d'esprit en faussaient seuls les rapports apparents, – et qu'ainsi s'expliquait la bizarrerie de certains tableaux, semblables à ces reflets grimaçants d'objets réels qui s'agitent sur l'eau troublée.

Telles étaient les inspirations de mes nuits ; mes journées se passaient doucement dans la compagnie des pauvres malades, dont je m'étais fait des amis. La conscience que désormais j'étais purifié des fautes de ma vie passée me donnait des jouissances morales infinies ; la certitude de l'immortalité et de la coexistence de toutes les personnes que j'avais aimées m'était arrivée matériellement, pour ainsi dire, et je bénissais l'âme fraternelle qui, du sein du désespoir, m'avait fait rentrer dans les voies lumineuses de la religion.

Le pauvre garçon de qui la vie intelligente s'était si singulièrement retirée recevait des soins qui triomphaient peu à peu de sa torpeur. Ayant appris qu'il était né à la campagne, je passais des heures entières à lui chanter d'anciennes chansons de village, auxquelles je cherchais à donner l'expression la plus touchante. J'eus le bonheur de voir qu'il les entendait et qu'il répétait certaines parties de ces chants. Un jour, enfin, il ouvrit les yeux un seul instant, et je vis qu'ils étaient bleus comme ceux de l'esprit qui m'était apparu en rêve. Un matin, à quelques jours de là, il tint ses yeux grands ouverts et ne les ferma plus. Il se mit aussitôt à parler, mais seulement par intervalle, et me reconnut, me tutoyant et m'appelant frère. Cependant il ne voulait pas davantage se résoudre à manger. Un jour, revenant du jardin, il me dit : « J'ai soif. » J'allai lui chercher à boire ; le verre toucha ses lèvres sans qu'il pût avaler. « Pourquoi, lui dis-je, ne veux-tu pas manger et boire comme les autres ? – C'est que je suis mort, dit-il ; j'ai été enterré dans tel cimetière, à telle place... – Et maintenant, où crois-tu être ? – En purgatoire, j'accomplis mon expiation »

Telles sont les idées bizarres que donnent ces sortes de maladies ; je reconnus en moi-même que je n'avais pas été loin d'une si étrange persuasion. Les soins que j'avais reçus m'avaient déjà rendu à l'affection de ma famille et de mes amis, et je pouvais juger plus sainement le monde d'illusions où j'avais quelque temps vécu. Toutefois, je me sens heureux des convictions que j'ai acquises, et je compare cette série d'épreuves que j'ai traversées à ce qui, pour les anciens, représentait l'idée d'une descente aux enfers.

PANDORA

> *« Deux âmes, hélas ! se partageaient mon sein, et chacune d'elles veut se séparer de l'autre : l'une, ardente d'amour, s'attache au monde par le moyen des organes du corps ; un mouvement surnaturel entraîne l'autre loin des ténèbres, vers les hautes demeures de nos aïeux. »*

FAUST

Vous l'avez tous connue, ô mes amis ! la belle Pandora du théâtre de Vienne. Elle vous a laissé sans doute, ainsi qu'à moi-même, de cruels et doux souvenirs ! C'était bien à elle, peut-être, – à elle, en vérité, – que pouvait s'appliquer l'indéchiffrable énigme gravée sur la pierre de Bologne : *AELIA LAELIA*. – *Nec vir, nec mulier, nec androgyna*, etc. « Ni homme, ni femme, ni androgyne, ni fille, ni jeune, ni vieille, ni *chaste*, ni *folle*, ni pudique, mais tout cela ensemble... » Enfin, *la Pandora*, c'est tout dire, – car je ne veux pas dire tout.

Ô Vienne, la bien gardée ! rocher d'amour des paladins ! comme disait le vieux Menzel, tu ne possèdes pas la coupe bénie du Saint-Graal mystique, mais le *Stock-im-Eisen* des braves compagnons. Ta montagne d'aimant attire invinciblement la pointe des épées, et le Magyar jaloux, le Bohême intrépide, le Lombard généreux mourraient pour te défendre aux pieds divins de *Maria-Hilf* !

Je n'ai pu moi-même planter le clou symbolique dans le tronc chargé de fer (*Stock-im-Eisen*) posé à l'entrée du Graben, à la porte d'un bijoutier ; mais j'ai versé mes plus douces larmes et les plus pures effusions de mon cœur le long des places et des rues, sur les bastions, dans les allées de l'Augarten et sous les bosquets du Prater. J'ai attendri de mes chants d'amour les biches timides et les faisans privés. J'ai promené mes rêveries sur les rampes gazonnées de Schoenbrunn. J'adorais les pâles statues de ces jardins que couronne la *Gloriette* de Marie-Thérèse, et les chimères du vieux palais m'ont ravi mon cœur pendant que j'admirais leurs yeux divins et que j'espérais m'allaiter à leur sein de marbre éclatant.

Pardonne-moi d'avoir surpris un regard de tes beaux yeux, auguste archiduchesse, dont j'aimais tant l'image, peinte sur une enseigne de magasin. Tu me rappelais l'autre..., rêve de mes jeunes amours, pour qui j'ai si souvent franchi l'espace qui séparait mon toit natal de la ville des Stuarts ! J'allais à pied, traversant plaines et bois, rêvant à la Diane valoise qui protège les Médicis ; et, quand, au-dessus des maisons du Pecq et du pavillon d'Henri IV, j'apercevais les tours de brique, cordonnées d'ardoises, alors je traversais la Seine, qui languit et se replie autour de ses îles, et je m'engageais dans les ruines solennelles du vieux château de Saint-Germain. L'aspect ténébreux des hauts portiques, où plane la souris chauve, où fuit le lézard, où bondit le chevreau qui broute les vertes acanthes, me remplissait de joie et d'amour. Puis, quand j'avais gagné le plateau de la montagne, fût-ce à travers le vent et l'orage, quel bonheur encore d'apercevoir, au-delà des maisons, la côte bleuâtre de Mareil, avec son église où reposent les cendres du vieux seigneur de Monteynard !

Le souvenir de mes belles cousines, ces intrépides chasseresses que je promenais autrefois dans les bois, belles toutes deux comme les filles de Léda, m'éblouit encore et m'enivre.

Pourtant je n'aimais qu'elle, *alors* !...

Il faisait très froid à Vienne, le jour de la Saint-Sylvestre, et je me plaisais beaucoup dans le boudoir de la Pandora. Une lettre qu'elle faisait semblant d'écrire n'avançait guère, et les délicieuses pattes de mouche de son écriture s'entremêlaient follement avec je ne sais quelles arpèges mystérieuses qu'elle tirait par instant des cordes de sa harpe, dont la crosse disparaissait sous les enlacements d'une sirène dorée.

Tout à coup, elle se jeta à mon cou et m'embrassa, en disant avec un fou rire :

– Tiens, c'est un petit prêtre ! Il est bien plus amusant que mon baron !

J'allai me rajuster à la glace ; car mes cheveux châtains se trouvaient tout défrisés, et je rougis d'humiliation en sentant que je n'étais aimé qu'à cause d'un certain petit air ecclésiastique que me donnaient ma contenance timide et mon habit noir.

– Pandora, lui dis-je, ne plaisantons pas avec l'amour ni avec la religion, car c'est la même chose, en vérité.

– Mais j'adore les prêtres, dit-elle ; laissez-moi mon illusion.

– Pandora, dis-je avec amertume, je ne remettrai plus cet habit noir, et, quand je reviendrai chez vous, je porterai mon habit bleu à boutons dorés, qui me donne l'air cavalier.

– Je ne vous recevrai qu'en habit noir, dit-elle.

Et elle appela sa suivante.

– Röschen !... si monsieur que voilà se présente en habit bleu, vous le mettrez dehors, et vous le consignerez à la porte de l'hôtel. – J'en ai bien assez, ajouta-t-elle avec colère, des attachés d'ambassade en bleu avec leurs boutons à couronne, et des officiers de Sa Majesté impériale, et des magyars avec leurs habits de velours et leurs toques à aigrette ! Ce petit-là me servira d'abbé. – Adieu, l'abbé ! C'est convenu, vous viendrez me chercher demain en voiture, et nous irons en partie fine au Prater... mais vous serez en habit noir.

Chacun de ces mots m'entrait au cœur comme une épine. Un rendez-vous, un rendez-vous positif pour le lendemain, premier jour de l'année, et en habit noir encore ! Et ce n'était pas tant l'habit noir qui me désespérait : mais ma bourse était vide ! quelle honte ! vide, hélas ! le propre jour de la Saint-Sylvestre !...

Poussé par un fol espoir, je me hâtai de courir à la poste, pour voir si mon oncle ne m'avait pas adressé une lettre chargée.

Ô bonheur ! on me demande deux florins, et l'on me remet une épître qui porte le timbre de France. Un rayon de soleil tombait d'aplomb sur cette lettre insidieuse ; les lignes s'y suivaient impitoyablement, sans le moindre croisement de mandat sur la poste ou d'effets de commerce. Elle ne contenait, de toute évidence, que des maximes de morale et des conseils d'économie.

Je la rendis en feignant prudemment une erreur de gilet, et je frappai, avec une surprise affectée, des poches qui ne rendaient aucun son métallique ; puis je me précipitai dans les rues populeuses qui entourent Saint-Étienne.

Heureusement, j'avais à Vienne un ami. C'était un garçon fort aimable, un peu fou, comme tous les Allemands, docteur en philosophie, et qui cultivait avec agrément quelques dispositions vagues à l'emploi de ténor léger.

Je savais bien où le trouver, c'est-à-dire chez sa maî-
tresse, une nommée Rosa, figurante au théâtre de Leopoldstadt ; il lui rendait visite tous les jours de deux à
cinq heures. Je traversai rapidement la Rothenthor, je
montai le faubourg, et, dès le bas de l'escalier, je distinguai la voix de mon compagnon, qui chantait d'un
ton langoureux :

Einen Kuß von rosiger Lippe,
Und ich fürchte nicht Sturm und nicht Klippe !

Le malheureux s'accompagnait d'une guitare, ce qui
n'est pas encore ridicule à Vienne, et se donnait des
poses de ménestrel. Je le pris à part et lui confiai ma
situation.

– Mais tu ne sais pas, me dit-il, que c'est aujourd'hui
la Saint-Sylvestre ?...

– Oh ! c'est juste ! m'écriai-je en apercevant sur la
cheminée de Rosa une magnifique garniture de vases
remplis de fleurs. Alors, je n'ai plus qu'à me percer le
cœur, ou à m'en aller faire un tour vers l'île Lobau, là
où se trouve la plus forte branche du Danube ?

– Attends encore, dit-il en me saisissant le bras.

Nous sortîmes. Il me dit :

– J'ai sauvé ceci des mains de Dalilah... Tiens, voilà
deux écus d'Autriche ; ménage-les bien, et tâche de les
garder intacts jusqu'à demain, car c'est le grand jour.

Je traversai les glacis couverts de neige, et je rentrai
à Leopoldstadt, où je demeurais chez des blanchis-
seuses. J'y trouvai une lettre qui me rappelait que je
devais participer à une brillante représentation où
assisterait une partie de la cour et de la diplomatie. Il
s'agissait de jouer des charades. Je pris mon rôle avec
humeur, car je ne l'avais guère étudié. La Kathi vint
me voir, souriante et parée, *bionda grassota*, comme
toujours, et me dit des choses charmantes dans son
patois mélangé de morave et de vénitien. Je ne sais

trop quelle fleur elle portait à son corsage, et je voulus l'obtenir de son amitié. Elle me dit d'un ton que je ne lui avais pas connu encore :

– Jamais pour moins de *zehn Gulden-Conventionsmünze* (de dix florins en monnaie de convention)!

Je fis semblant de ne pas comprendre. Elle s'en alla furieuse, et me dit qu'elle irait trouver son vieux baron, qui lui donnerait de plus riches étrennes.

Me voilà libre. Je descends le faubourg en étudiant mon rôle, que je tenais à la main. Je rencontrai Wahby la Bohême, qui m'adressa un regard languissant et plein de reproches. Je sentis le besoin d'aller dîner à la Porte-Rouge, et je m'inondai l'estomac d'un tokay rouge à trois kreutzers le verre, dont j'arrosai des côtelettes grillées, du wurschell et un entremets d'escargots.

Les boutiques, illuminées, regorgeaient de visiteuses, et mille fanfreluches, bamboches et poupées de Nuremberg grimaçaient aux étalages, accompagnées d'un concert enfantin de tambours de basque et de trompettes de fer-blanc.

– Diable de conseiller intime de sucre candi! m'écriai-je en souvenir d'Hoffmann.

Et je descendis rapidement les degrés usés de la taverne des *Chasseurs*. On chantait la *Revue nocturne* du poète Zedlitz. La grande ombre de l'empereur planait sur l'assemblée joyeuse, et je fredonnais en moi-même :

Ô Richard !...

Une fille charmante m'apporta un verre de *Bayerisch Bier*, et je n'osai l'embrasser parce que je songeais au rendez-vous du lendemain.

Je ne pouvais tenir en place. J'échappai à la joiè tumultueuse de la taverne, et j'allai prendre mon café au Graben. En traversant la place Saint-Étienne, je fus reconnu par une bonne vieille décrotteuse, qui me cria, selon son habitude : « – Sacré n... de D... ! » seuls mots français qu'elle eût retenus de l'invasion impériale.

Cela me fit songer à la représentation du soir ; car, autrement, je serais allé m'incruster dans quelque stalle du théâtre de la porte de Carinthie, où j'avais l'usage d'admirer beaucoup mademoiselle Lutzer. Je me fis cirer, car la neige avait fort détérioré ma chaussure.

Une bonne tasse de café me remit en état de me présenter au palais. Les rues étaient pleines de Lombards, de Bohêmes et de Hongrois en costumes. Les diamants, les rubis et les opales étincelaient sur leur poitrine, et la plupart se dirigeaient vers la *Burg*, pour aller offrir leurs hommages à la famille impériale.

Je n'osai me mêler à cette foule éclatante ; mais le souvenir chéri de l'autre... me protégea encore contre les charmes de l'artificieuse Pandora.

On me fit remarquer au palais de France que j'étais fort en retard. La Pandora dépitée s'amusait à faire faire l'exercice à un vieux baron et à un jeune prince grotesquement vêtu en étudiant de carnaval. Ce jeune *renard* avait dérobé à l'office une chandelle des six dont il s'était fait un poignard. Il en menaçait les tyrans en déclamant des vers de tragédie et en invoquant l'ombre de Schiller.

Pour tuer le temps, on avait imaginé de jouer une charade *à l'impromptu*. – Le mot de la première était *Maréchal*. Mon premier c'est *marée*. – Vatel, sous les traits d'un jeune attaché d'ambassade, prononçait un soliloque avant de se plonger dans le cœur la pointe de son épée de gala. Ensuite, un aimable diplomate rendait visite à la dame de ses pensers ; il avait un quatrain à la main et laissait percer la frange d'un *schall* dans la poche de son habit. – Assez, suspends ! (sur ce *pan*) disait la maligne Pandora en tirant à elle le cachemire vrai-Biétry, qui se prétendait *tissu* de Golconde. Elle dansa ensuite le pas du schall avec une négligence adorable. Puis la troisième scène commença, et l'on vit apparaître un illustre *Maréchal* coiffé du chapeau historique.

On continua par une autre charade dont le mot était *Mandarin*. – Cela commençait par un *mandat*, qu'on me fit signer, et où j'inscrivis le nom glorieux de Macaire (Robert), baron des Adrets, époux en secondes noces de la trop sensible Éloa. Je fus très applaudi dans cette bouffonnerie. Le second terme de la charade était *Rhin*. On chanta les vers d'Alfred de Musset. Le tout amena naturellement l'apparition d'un véritable *Mandarin* drapé d'un cachemire, qui, les jambes croisées, fumait paresseusement son houka. – Il fallut encore que la séduisante Pandora nous jouât un tour de sa façon. Elle apparut en costume des plus légers, avec un caraco blanc brodé de grenats et une robe volante d'étoffe écossaise. Ses cheveux nattés en forme de lyre se dressaient sur sa tête brune ainsi que deux cornes majestueuses. Elle chanta comme une ange la romance de Déjazet : « Je suis Tching-Ka !... »

On frappa enfin les trois coups pour le proverbe intitulé *Madame Sorbet*. Je parus en comédien de province, comme le *Destin* dans le *Roman comique*. Ma froide *Étoile* s'aperçut que je ne savais pas un mot de mon rôle et prit plaisir à m'embrouiller. Le sourire glacé des spectatrices accueillit mes débuts et me remplit d'épouvante. En vain le vicomte s'exténuait à me souffler les belles phrases perlées de M. Théodore Leclercq, je fis manquer la représentation.

De colère, je renversai le paravent, qui figurait un salon de campagne. – Quel scandale ! – Je m'enfuis du

salon à toutes jambes, bousculant, le long des escaliers, des foules d'huissiers à chaînes d'argent et d'hei-
duques galonnés et, m'attachant *des pattes de cerf*,
j'allai me réfugier honteusement dans la taverne des
Chasseurs.

Là je demandai un pot de vin nouveau, que je
mélangeai d'un pot de vin vieux, et j'écrivis à la déesse
une lettre de quatre pages, d'un style abracadabrant.
Je lui rappelais les souffrances de Prométhée, quand il
mit au jour une créature aussi dépravée qu'elle. Je cri-
tiquai sa boîte à malice et son ajustement de bayadère.
J'osai même m'attaquer à ses pieds serpentins, que je
voyais passer insidieusement sous sa robe. – Puis
j'allai porter la lettre à l'hôtel où elle demeurait.

Sur quoi je retournai à mon petit logement de Leopoldstadt, où je ne pus dormir de la nuit. Je la voyais
dansant toujours avec deux cornes d'argent ciselé, agi-
tant sa tête empanachée, et faisant onduler son col de
dentelles gaufrées sur les plis de sa robe de brocart.

Qu'elle était belle en ses ajustements de soie et de
pourpre levantine, faisant luire insolemment ses
blanches épaules, huilées de la sueur du monde. Un
moment je fus prêt à céder aux enlacements dange-
reux de ses caresses lorsqu'il me sembla la reconnaître
pour l'avoir déjà vue au commencement des siècles.

– Malheureuse ! lui dis-je, nous sommes perdus par
ta faute, et le monde va finir ! Ne sens-tu pas qu'on ne
peut plus respirer ici ? L'air est infecté de tes poisons,
et la dernière bougie qui nous éclaire encore tremble
et pâlit déjà au souffle impur de nos haleines... De
l'air ! de l'air ! Nous périssons.

– Mon seigneur, cria-t-elle, nous avions à vivre sept
mille ans. Cela fait encore mille cent quarante...

– Septante-sept mille ! lui dis-je, et des millions d'années en plus : tes nécromanciens se sont trompés !...

Alors elle s'élança, rajeunie, des oripeaux qui la couvraient, et son vol se perdit dans le ciel pourpré du lit à colonnes. Mon esprit flottant voulut en vain la suivre : elle avait disparu pour l'éternité.

J'étais en train d'avaler quelques pépins de grenade. Une sensation douloureuse succéda dans ma gorge à cette distraction. Je me trouvais étranglé. On me trancha la tête, qui fut exposée à la porte du sérail, et j'étais mort tout de bon, si un perroquet, passant à tire d'aile, n'eût avalé quelques-uns des pépins qui se trouvaient mêlés avec le sang.

Il me transporta à Rome sous les berceaux fleuris de la treille du Vatican, où la belle Impéria trônait à la table sacrée, entourée d'un conclave de cardinaux. À l'aspect des plats d'or, je me sentis revivre, et je lui dis : « Je te reconnais bien, Jésabel ! » Puis un craquement se fit dans la salle. C'était l'annonce du *Déluge*, opéra en trois actes. Il me sembla alors que mon esprit perçait la terre, et, traversant à la nage les bancs de corail de l'Océanie et la mer pourprée des tropiques, je me trouvai jeté sur la rive ombragée de l'île des Amours. C'était la plage de Taïti. Trois jeunes filles m'entouraient et me faisaient peu à peu revenir. Je leur adressai la parole. Elles avaient oublié la langue des hommes : – Salut mes sœurs du Ciel, leur dis-je en souriant.

Je me jetai hors du lit comme un fou, – il faisait grand jour ; il fallait attendre jusqu'à midi pour aller savoir l'effet de ma lettre. La Pandora dormait encore quand j'arrivai chez elle. Elle bondit de joie et me dit : « Allons au Prater, je vais m'habiller. » Pendant que je l'attendais dans son salon, le prince *** frappa à la porte, et me dit qu'il revenait du château. Je l'avais cru dans ses terres. – Il me parla longtemps de sa force à l'épée, et de certaines rapières dont les étudiants du Nord se servent dans leurs duels. Nous nous escrimions dans l'air, quand notre double Étoile apparut. Ce fut alors à qui ne sortirait pas du salon. Ils se mirent à causer dans une langue que j'ignorais ; mais je ne lâchai pas un pouce de terrain. Nous descendîmes l'escalier tous trois ensemble, et le prince nous accompagna jusqu'à l'entrée du Kohlmarkt.

« Vous avez fait de belles choses, me dit-elle, voilà l'Allemagne en feu pour un siècle. »

Je l'accompagnai chez son marchand de musique ; et, pendant qu'elle feuilletait des albums, je vis accourir le vieux marquis en uniforme de magyar, mais sans bonnet, qui s'écriait : « Quelle imprudence ! les deux étourdis vont se tuer pour l'amour de vous ! » Je brisai cette conversation ridicule, en faisant avancer un fiacre. La Pandora donna l'ordre de toucher Dorothée-Gasse, chez sa modiste. Elle y resta enfermée une heure, puis elle dit en sortant : « Je ne suis entourée que de maladroits. – Et moi ? observai-je humblement. – Oh ! vous, vous avez le numéro un. – Merci ! répliquai-je. »

Je parlai confusément du Prater ; mais le vent avait changé. Il fallut la ramener honteusement à son hôtel, et mes deux écus d'Autriche furent à peine suffisants pour payer le fiacre.

De rage, j'allai me renfermer chez moi, où j'eus la fièvre. Le lendemain matin, je reçus un billet de répétition qui m'enjoignait d'apprendre le rôle de Valbelle pour jouer la pièce intitulée *Deux mots dans la forêt*. – Je me gardai bien de me soumettre à une nouvelle humiliation, et je repartis pour Salzbourg, où j'allai réfléchir amèrement dans l'ancienne maison de Mozart, habitée aujourd'hui par un chocolatier.

Je n'ai revu la Pandora que l'année suivante, dans une froide capitale du Nord. Sa voiture s'arrêta tout à coup au milieu de la grande place, et un sourire divin me cloua sans force sur le sol. – Te voilà encore, enchanteresse, m'écriais-je, et la boîte fatale, qu'en as-tu fait ?

– Je l'ai remplie pour toi, dit-elle, des plus beaux joujoux de Nuremberg. Ne viendras-tu pas les admirer ?

Mais je me pris à fuir à toutes jambes vers la place de la Monnaie. – Ô fils des dieux, père des hommes ? criait-elle, arrête un peu. C'est aujourd'hui la Saint-Sylvestre comme l'an passé… Où as-tu caché le feu du ciel que tu dérobas à Jupiter ?

Je ne voulus pas répondre : le nom de Prométhée me déplaît toujours singulièrement, car je sens encore à mon flanc le bec éternel du vautour dont Alcide m'a délivré.

Ô Jupiter ! quand finira mon supplice ?

TABLE

EXTRAIT DU CATALOGUE LIBRIO

CLASSIQUES

Colomba - n°167
La vénus d'Ille - n°236

Les Mille et Une Nuits
Histoire de Sindbad
le Marin - n°147
Aladdin ou la lampe merveilleuse - n°191

Mirabeau
L'éducation de Laure - n°256
(*Pour lecteurs avertis*)

Molière
Dom Juan - n°14
Les fourberies de Scapin - n°181
Le bourgeois gentilhomme - n°235

Alfred de Musset
Les caprices de Marianne - n°39

Gérard de Nerval
Aurélia - n°23
Ovide
L'art d'aimer - n°11

Charles Perrault
Contes de ma mère l'Oye - n°32

Platon
Le banquet - n°76

Edgar Allan Poe
Double assassinat dans la rue Morgue -
n°26
Le scarabée d'or - n°93
Le chat noir - n°213

Alexandre Pouchkine
La fille du capitaine - n°24
La dame de pique - n°74

Abbé Prévost
Manon Lescaut - n°94

Raymond Radiguet
Le diable au corps - n°8
Le bal du comte d'Orgel - n°156

Jules Renard
Poil de Carotte - n°25
Histoires naturelles - n°134

Arthur Rimbaud
Le bateau ivre - n°18

Edmond Rostand
Cyrano de Bergerac - n°116

Marquis de Sade
Le président mystifié - n°97
Les infortunes de la vertu - n°172

George Sand
La mare au diable - n°78
La petite Fadette - n°205

William Shakespeare
Roméo et Juliette - n°9
Hamlet - n°54
Othello - n°108
Macbeth - n°178

Sophocle
Œdipe roi - n°30

Stendhal
L'abbesse de Castro - n°117
Le coffre et le revenant - n°221

Robert Louis Stevenson
Olalla des Montagnes - n°73
Le cas étrange du
Dr Jekyll et de M. Hyde - n°113

Anton Tchekhov
La dame au petit chien - n°142
La salle n°6 - n°189

Léon Tolstoï
Hadji Mourad - n°85

Ivan Tourgueniev
Premier amour - n°17

Mark Twain
Trois mille ans chez les microbes - n°176

Vâtsyâyana
Kâma Sûtra - n°152

Bernard Vargaftig
La poésie des Romantiques - n°262
(*janvier 99*)

Paul Verlaine
Poèmes saturniens *suivi de*
Fêtes galantes - n°62
Romances sans paroles - n°187
Poèmes érotiques - n° 257
(*Pour lecteurs avertis*)

Jules Verne
Les cinq cents millions de la Bégum - n°52
Les forceurs de blocus - n°66
Le château des Carpathes - n°171
Les Indes noires - n°227

Voltaire
Candide - n°31
Zadig ou la Destinée - n°77
L'ingénu - n°180

Emile Zola
La mort d'Olivier Bécaille - n°42
Naïs - n°127
L'attaque du moulin - n°182

Achevé d'imprimer en Europe
à Pössneck (Thuringe, Allemagne)
en décembre 1998 pour le compte de EJL
84, rue de Grenelle 75007 Paris
Dépôt légal décembre 1998
1er dépôt légal dans la collection : mai 1994

Diffusion France et étranger : Flammarion

23